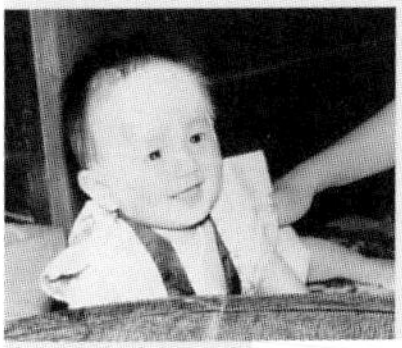

◀ 생후 6개월 무렵, 외할머니 댁에서.

▲ 생후 8개월 무렵, 자택에서 어머니와.
▼ 기노사키 온천에서 아버지와.

▶ 4살 때, 기노사키 온천에서 외할머니와. (아버지, 어머니, 할머니와 함께 한 첫번째 가족 여행)

▲ 초등학교 2학년 때, 아버지 어머니와 함께 갔던 시라하마 온천.

▶ 〈야쿠자의 아내〉였던 시절. 짙은 화장에 옷차림도 화려했다.

▲▶ 2001년, 한국에서 강연할 때.

◀ 2003년 경, 변호사 사무실에서 의뢰자와 상담 중에.

▼ 2002년 겨울, 오사카 시에 있던 변호사 사무실 앞에서.

◀ 2009년 5월, 자택 정원에서
장미꽃 가지치기를 하던 중에.

▶ 2009년 12월, 집 근처에서 딸과 산책하면서.

▼ 2009년 10월, 테라스에서 놀고 있는 딸 하루카.

그러니까
당신도
살아

그러니까 당신도 살아

오히라 미쓰요 지음

김인경 옮김

북하우스

지금이 바로 출발점

인생이란 하루하루 훈련을 쌓아가는 것이다
인생이란 나 자신을 갈고닦는 훈련의 장(場)이고
실패를 두려워할 필요가 없는 훈련의 장이며
삶의 감동을 맛볼 수 있는 훈련의 장이다

지금의 이 행복을 행복으로 여기지 못한다면
언제 어디서 행복을 느끼며 살 수 있겠는가?
이 행운을 발판 삼아 있는 힘을 다해 나아가자

나 자신의 미래는
바로 이 순간 여기서부터 시작되는 것이다
지금 당장 노력하지 않는다면 그 노력은 언제 할 것인가?

교토 다이센인 오제키소엔(京都 大仙院 尾關宗園)

사랑하는 한국의 독자 여러분 안녕하세요?

『그러니까 당신도 살아』를 출간하고 10년이란 세월이 흘렀습니다.

그동안 여러분은 어떻게 지내셨나요?

현재, 저는 효고(兵庫) 현 산골마을에서 남편과 딸과 함께 잘 지내고 있습니다. 편리한 도시를 떠나 시골로 이사를 하게 된 유일한 이유는, 다운증후군을 가지고 태어난 딸 하루카를 자연 속에서 티 없이 건강하게 자라게 하기 위해서입니다. 보육원에 다니며 매일 흙투성이가 되어 집에 돌아오는 딸아이를 보고 있으면 정말로 이곳에 이사 오길 잘했다는 생각이 듭니다.

이 지방에서 생산되는 신선한 식재료로 가족을 위한 식탁을 꾸미고, 지역사회의 보살핌 속에서 딸아이를 키우며 지극히 평온한 나날을 보내고 있습니다.

이런 당연하고도 평범한 일상의 행복을 피부로 느낄 수 있는 이곳에서 저는 '살아 있음'을 실감하고 있습니다. 사실 10년 전에는 상상도 못 했던 일입니다.

지금 일본은 경제적 불황이라는 요인까지 더해져, 매년 자살하는 사람의 수가 3만 명이 넘는 추세입니다. 이 숫자 속에는 젊은이들이 자기의 장래를 비관하고 스스로 목숨을 끊어버리는 경우도 상당수 포함되어 있습니다.

정말 슬픈 일입니다.

저도 예전에는 그랬습니다. 열네 살 때 자살을 기도하고 운 좋게 목숨을 건지기는 했지만, 다시 새로운 삶을 살게 되기까지는 '왜 그때 제대로 죽지도 못했을까, 살아봤자 무슨 소용이 있다고……' 이런 자책만 하며 살고 있었습니다.

재기에 성공해 변호사가 된 이후에도 '이렇게 새로운 삶을 살게 된 것은 주위 분들의 덕분'이라는 생각에, 그 은혜에 보답하는 뜻에서 세상에 도움이 되고자 최선을 다해 많은 일을 했습니다. 그렇지만 이런 나날을 보내는 동안에도 저는 저 자신을 전혀 돌보지 않고, 그저 쓰고 버리는 소모품처럼 취급하고 있었는지도 모릅니다.

그날의 행복을 감사하거나 기뻐하지도 못하고, 또 다른 내일들을 위해 오늘을 희생양으로 삼고 있었던 것 같습니다.

이런 저도 남편과의 만남을 통해 그리고 딸과의 만남을 통해, 삶의 방식이 180도 변했습니다. 하루하루를 소중히 살아가야 한다는 걸 다시금 딸에게서 배웠습니다.

지금 저는 살아 있음에 감사하며, 그때 목숨을 건질 수 있어서 정말 다행이라 생각하고 있습니다. 만약 그때 불행하게도 목숨을 잃었더라면 지금의 이 행복은 꿈꿀 수도 맛볼 수도 없을 것이기 때문입니다.

정말로 못 견딜 정도로 괴로울 때, 그 고통으로부터 해방되기 위해 한 번쯤은 죽고 싶다는 생각을 하게 되는 건 어쩔 수 없는 일인지도 모릅니다. 그렇지만, 당신이 만약 그렇다면, 아무리 그렇더라도 잠시 멈춰주세요.

지금의 이 고통은 영원히 지속되는 게 아니니까요.

반드시 돌파구를 찾을 수 있을 것입니다.

아무쪼록 그날이 올 때까지 어떻게 해서라도 자기 자신의 하나밖에 없는 목숨만은 소중히 지켜주시길 바랍니다.

아무쪼록 자신의 생명을 함부로 취급하는 일만은 하지 말아주세요. 제발 죽음을 선택하는 어리석은 짓만은 하지 말아주세요.

사랑하는 한국의 독자 여러분!

언젠가 딸아이와 함께 여러분을 다시 만나게 되길 간절히 기원합니다.

안녕히 계세요.

오히라 미쓰요 올림.

차례

소년분류심사원. 이곳은 비행이나 가벼운 범죄를 저지른 소년들이 법원소년부로부터 감호위탁결정이 내려졌을 때 수용되는 곳입니다.

저는 변호사로서, 이곳에 수용되어 있는 소년을 만나기 위해 자주 찾아갑니다. 세상 사람들은 여기에 수용되어 있는 소년들을,

'비행 청소년'

이라고 부릅니다.

저에게도 예전에는 이런 표 딱지가 붙어 있었습니다.

면회실에 들어가 아이들과 마주보고 앉아 이것저것 물어봅니다. 처음에는 좀처럼 입을 열지 않던 아이들도 몇 번씩이나 만나러 가다 보면 차츰 자기 얘기를 털어놓기 시작합니다. 부모님이나 학교에 대한 불만, 고독감, 그리고 학교에서 괴롭힘을 당하고 있었다는 것 등…… 아이들의 이런 이야기를 듣고 있으면, 예전의 저를 보고 있는 듯한 느낌이 듭니다.

'괴롭힘'

괴롭힘이라는 건 괴롭힘을 당하는 사람의 인생을 송두리째 뒤엎어버리는 것입니다. 고생을 많이 한 사람은 그만큼 다른 사람의 마음을 헤아릴 수 있게 된다고 합니다. 자기 자신이 아파본 만큼 타인의 괴로움이나 고통을 이해할 수 있게 된다는 뜻이겠지요. 그래서 그런지 사람들은 흔히 젊어서 고생은 사서라도 하라는 말들을 합니다.

그러나 어린 시절에 괴롭힘이나 학대를 당한 사람들은 결코 그렇지는 않습니다. 괴롭힘이나 아동학대는 그것을 당하는 사람의 인격을 부정하는 것이라고 해도 과언이 아닙니다. 인격을 부정당했던 사람은 입장이 바뀌면 타인의 인격을 부정하는 편에 서는 법이지요. 이런 행동이 인간으로서 용서받을 수 없는 행동이라는 걸 너무도 잘 알고 있으면서도…….

저는 열네 살 때 효고(兵庫) 현 니시노미야(西宮) 시 무코(武庫) 강 둔치에서 할복자살을 기도했습니다. 전학 간 학교에서 수없이 괴롭힘을 당하고 믿어 의심치 않았던 절친한 친구가 저를 배신했기 때문이었습니다. 벌써 20년 이상이나 지난 일입니다. 저를 괴롭혔던 아이들은 어떻게 저를 괴롭혔는지 기억조차 하지 못할 겁니다. 아니, 자기가 누군가를 괴롭혔다는 것 자체를 아예 기억하지 못할지도 모릅니다.

하지만 저는 잊을 수 없습니다. 그 시절에 제가 겪어야 했던 슬픔, 비참했던 제 모습, 억울한 심정, 외로움, 깨진 유리 파편으로 내리치는 듯 날카로운 저를 향한 시선들, 숨 막히는 두려움, 그 아이들의 냉랭한 태도…… 그 당시의 장면들이 생생하게 떠오릅니다. 마치 어제의 일이었던 것처럼…….

1장

괴롭힘

전학

1978년 7월, 우리 가족은 외할머니와 함께 살기 위해 이사를 했다. 그전까지는 아빠와 엄마 그리고 나 이렇게 셋이서 살고 있었다. 아빠도 엄마도 모두 직장에 다니셨지만 집 근처에 살고 계신 외할머니가 돌봐주신 덕분에 외롭다는 생각을 해본 적은 별로 없었다.

초등학생이 되면서는 학교가 끝나자마자 외할머니 댁으로 달려가 밤에 아빠와 엄마가 데리러 오실 때까지 외할머니랑 놀며 지냈다. 학년이 높아지면서 서예, 주산, 피아노를 배우기 시작하자 이번엔 외할머니가 우리 집에 오가셨다. 그렇게 몇 해를 보내는 동안 나이 드신 외할머니가 매일 나를 돌보러 오시는 게 힘겨워지셔서 중학교에 입학하던 해, 7월부터는 한집에서 살기로 한 것이다.

같은 시내로 이사를 했지만 학군이 달라 전학을 하지 않으면 안 되었다. 친한 친구들과 헤어지는 게 무척 아쉽긴 했지만, 그보다 나는 외할머니와 한집에서 살 수 있게 된 게 너무 기뻤다. 메이지 시대에 태어난 할머니는 장녀인 엄마를 비롯해 네 명의 딸을 두셨다. 막내 이모가 태어난 직후 외할아버지가 갑자기 돌아가시는 바람에, 혼자서 어린 자식들을 키우느라 고생을 많이 하신 분이라 들었다. 나는 할머니에게서 넘치는 사랑을 받고 자랐다.

"할머니, 이제부터는 계속 같이 사는 거지? 낮에도 밤에도."

"그럼."

"텔레비전도 같이 봐."

"그래, 같이 보자."

"할머니 방은 어디로 할 거야?"

"할머니는 다리가 아프니까 아래층으로 해야지."

"엄마 아빠 방도, 내 방도 2층인데 혼자만 1층에서 무섭지 않아?"

"무섭지 않아. 밋짱이 가끔씩 할머니 방에 자러 올 거지?"

"응, 그럴게."

이사를 한 날, 나는 할머니 방에서 같이 자기로 했다. 이사를 해서 그런지 흥분해서 영 잠이 오지 않았다. 난 할머니 옆에서 하염없이 재잘거렸다.

"할머니, 나 내일부터 새 학교로 가는 거 알지?"

"참, 그랬지?"

"어떤 학교일까. 친구가 많이 생겼으면 좋겠다."

"밋짱한테는 금방 친구가 많이 생길 거야. 그런 걱정은 안 해도 돼."

"친구 생기면 집에 데리고 와도 돼?"

"그럼, 언제든 데려와. 할머니가 맛있는 거 해줄 테니까."

"정말? 그럼 맛있는 과자랑 떡이랑 많이 만들어줘야 해. 난 할머니가 만들어주는 게 이 세상에서 제일 맛있으니까."

나는 할머니와 한집에 살게 된 게 너무 좋아, 온통 들떠 있었다. 그리고 이 행복은 그대로 계속될 것이라고 믿고 있었다.

"밋짱, 이제 늦었으니 어서 빨리 자야지."

"응, 이제 잘 거야."

'어떤 학교일까? 좋은 친구가 많이 생겼으면 좋겠다.'

나는 희망으로 한껏 부풀어오른 가슴을 안고 잠이 들었다.

다음날, 새로 다닐 학교에 처음으로 갔다. 막 완성된 것 같은 말끔한 교사 앞에는 형형색색의 꽃들로 가득한 화단이 예쁘게 꾸며져 있었다.

'우와, 예쁜 학교다.'

하지만 예쁜 것은 겉모양뿐이라는 걸 뼈에 사무치도록 깨닫게 될 줄은 이때는 전혀 생각지 못했다.

'잘됐다, 좋은 학교라서. 앞으로 3년 동안 여기에 다니는 거야. 전학하는 게 좀 불안했는데, 다행이야. 좋았어!'

나는 학교에 대한 첫인상이 좋았기 때문에 기뻤다. 그래서 하루라도 빨리 좋은 친구만 사귀면 된다고 생각했다.

아침에 등교하기 전, 엄마는 담임선생님께서 기다리실 테니까 학교에 가면 먼저 교무실부터 가야 한다고 하셨다. 나는 실내화로 갈아 신고 바로 교무실로 가서 안을 조심스레 들여다보았다. 교무실에는 열댓 분의 선생님이 계셨다. 선생님들은 책상 위에 있는 서류들을 정리하거나, 두셋씩 즐거운 듯 얘기를 나누며 차를 마시기도 하고 바쁜 듯 잰걸음으로 책상마다 인쇄물을 나눠주거나 하고 있었다.

'활기가 넘치네, 담임선생님은 어떤 분일까?'

난 입구 근처에서 책을 읽고 계시던 선생님께 여쭤보았다.

"저, 오늘 전학 왔는데요……."

"아, 그래? 전학생이구나. 얘기는 들었다. 자 어서 들어와."

그 선생님은 들어오라는 손짓을 하시고는 담임선생님께 안내해 주셨다.

담임선생님께서는 책상에 앉아 뭔가 어려워 보이는 책을 읽고 계셨다.

"안녕하세요."

"어, 왔구나."

선생님은 나를 흘끔 보시더니 잠깐만 기다리라고 하셨다. 교사가 된 지 십수 년, 전공은 체육. 스포츠머리를 하고 계셨지만, 키가 크고 말랐기 때문에 신경질적으로 보여 체육선생님 같지는 않았다. 굳이 말하자면 수학선생님 같다고나 할까.

'왠지 말 붙이기도 힘들게 찬바람이 쌩쌩 부네. 전에 다니던 학교 체육선생님하고는 영 딴판인걸. 그치만 첫인상만으로 사람을 판단해서는 안 돼. 좋은 선생님일지도 모르는데…….'

기다리는 동안, 나는 여러 가지 상상을 했다.

시작을 알리는 종이 울리고, 나는 담임선생님을 따라 교실에 들어갔다. 교단 옆에 서서,

"안녕하세요? 앞으로 잘 부탁합니다."

하고 짧게 인사한 후 선생님이 정해준 자리에 가서 앉았다.

역시 전학생은 드문 일인지 모두가 흥미진진한 얼굴로 나를 말똥말똥 쳐다보고 있었다.

쉬는 시간이 되자, 반 친구들이 번갈아가며 말을 걸어왔다.

"어느 학교에서 전학 왔니?"

"학교에 대해서 모르는 건 뭐든지 나한테 물어봐."

"클럽 활동 뭐 할지 정했니? 아직 정하지 않았으면 나랑 같이 배구부에 들어갈래?"

"갑자기 뭔 말이야. 더 좋은 독서부를 놔두고."

"웃기고 있네. 미쓰요, 속지 마. 탁구부가 제일이야."

"그만들 하시지. 그렇게 한꺼번에 여기저기서들 말하면 얘가 어떻게 고르냐?"

내 주위에 모두가 모여들어 한마디씩 해주는 게 즐거웠다.

'다들 좋은 애들인 것 같아. 다행이야…….'

그러나 이처럼 즐거운 시간은 그리 오래가지 않았다.

얼마 안 가, 이유를 알 수 없는 집요한 괴롭힘을 당하게 되었다.

같은 반 A라는 아이에게 찍힌 게 원인이었다. A라는 여자아이는 반에서, 아니 학년을 통틀어 불량한 아이들의 우두머리였다. 머리는 노랗게 물들이고 짧게 잘라 뻗친 머리카락은 늑대를 연상케 했다. 눈매는 날카롭고 어쩌다 눈이 마주쳐도 절대 웃지 않았고, 걔가 거기에 있다는 자체만으로도 위압감을 주는 그런 아이였다. 초등학생 때부터 유별난 아이로 상급생에게 '혼쭐'이 난 후부터, 불량한 아이들과 어울려 다니는 무서운 아이라는 얘기를 전학 온 날 같은 반 여자아이에게 들었다.

'괜히 찍혔다간 큰일 나겠네.'

그 얘기를 들었을 때는 이렇게 생각했지만, 걔랑 별일 없으면 괜찮겠지, 설마 찍힐 일은 없겠지 하며, 그 후 A에게는 별로 신경도 쓰지 않았다.

그런데, 그 설마가 현실이 되었다. A에게 찍히고 만 것이다.

전학생이라고 처음에는 모두 내게 친절히 대해주는 바람에 나 역시 콧대가 좀 높아져 있었는지도 모른다.

A가 내게 말을 걸어왔을 때 내가 대답을 하지 않았다는 단 한 가지 이유만으로 그 후의 내 인생이 엉망이 될 줄은 꿈에도 생각지 못했다.

처음에는 A와 그의 패거리들에게 무시당하거나 복도에서 지나칠 때 일부러 내게 부딪쳐 오거나 하는 정도였다. 그래도 그때는 내게 친구라고 부를 수 있는 친한 아이들도 있었기 때문에 그런 건 별로 신경 쓰지 않았다. 그러나 며칠도 채 지나지 않아 반 아이들 모두가 나를 무시하게 되었다.

외톨이

아침에 교실에 들어갔더니 왠지 모두가 날 못 본 척하는 듯했다. 이상하다고 생각하며 내 자리로 가서 책상 위에 가방을 놓았다. 매일 아침 함께 수다를 떠는 친구가 교실로 들어오기에 언제나처럼 말을 걸었다.

"안녕? 근데 너 어제 그 방송 봤니?"

당시 〈긴짱의 끝까지 해볼래!〉(1976년 10월 6일부터 1986년 9월 24일까지 TV아사히에서 방송된 버라이어티쇼. 하기모토 긴이치[萩本欽一]라는 연예인이 주연을 맡았으며 최고 시청률이 40%를 넘은 인기 프로그램)라는 TV프로그램이 유행하던 시절이었다. 그래서 방송 다음날에는 그걸 본 감상을 시시콜콜 늘어놓으며 한바탕 떠드는 게 일과의 시작이었다. 나는 아무 대답도 하지 않는 게 이상해 다시 말을 걸었다.

"안녕?"

"……."

"내 말 안 들려?"

"……."

"야, 왜 그래? 너 그거 안 봤어?"

"아이 귀찮아, 말 시키지 마."

내가 계속해서 말을 걸자 그 애는 더 이상 못 참겠다는 듯 그렇게 말했다. 난 이유를 알 수 없어 그래도 다시 한 번 더 물었다.

"왜 그래?"

"말 시키지 말라고 했잖아."

"갑자기 왜 그러는 거야?"

"진짜 끈질기네."

"내가 너한테 뭐 잘못했어?"

"네 가슴에 손을 얹고 생각해봐."

그 애는 내뱉듯 이렇게 말했다. 그러고는 자기 책상 위에 가방을 툭 던지고는 다른 아이들에게로 가더니 재미있게 수다를 떨기 시작했다.

"안녕?"

"안녕?"

"어제 〈긴짱〉 봤니?"

"학원 가느라 못 봤어."

"재밌었는데."

"아, 정말 보고 싶었는데, 비디오 녹화했어?"

"안타깝게도 우리 집엔 비디오가 없어. 아키코네 집에는 비디오가 있으니까 녹화했는지 물어봐줄까?"

"정말 고마워. 이 은혜는 평생 잊지 않을게."

'물어봐주는 것만으로도 은혜를 잊지 않는다고? 나한테 그 비디오 있는데. 지금 바로 가져오면 나랑 같이 놀아줄래?'

마음속으로 부질없는 질문을 던져보았다.

—네 가슴에 손을 얹고 생각해봐.

가슴에 손을 얹고 생각해보았지만 감을 잡을 수 없었다. 전날까지만 해도 평소와 다름없이 그 애와 사이좋게 이야기를 나누었다. 그 애의 마음을 상하게 할 만한 이야기는 전혀 하지 않았고, 별다른 일도 없었다. 어제 집으로 돌아갈 때도 '내일 또 봐. 안녕' 하며 기분 좋게 헤어졌는데. 도대체 이건 무슨 일이란 말인가.

나는 교실로 들어오는 다른 아이에게 또 말을 걸었다.

"안녕?"

"……."

"안녕?"

"……."

그 애는 고개를 숙인 채 아무 말도 없이 앉아 있었다.

"야, 왜 그래?"

"뭘?"

그 애는 힐끔 내 얼굴을 본 다음, 금방 시선을 피하며 다른 친구들이 있는 곳으로 가버렸다.

대꾸를 안 해주는 아이들은 비단 그 아이들뿐만이 아니었다.

그 이후, 내가 교실에 들어가기만 하면 반 아이들은 남녀를 불문하고 벌레가 사방으로 흩어지듯 내 주위에서 멀어져갔다. 아무리 말을 걸어봐도 대답을 하지 않았다.

'A 때문이 아닐까…….'

그것 말고는 마음에 걸리는 게 없었다.

대꾸를 해주는 아이가 아무도 없었기 때문에 나는 늘 외톨이였다. 쉬는 시간에도 교실에 혼자 동그마니 있는 게 괴로워서 교정을 산책하며 시간을 때웠다.

가장 힘들었던 건 점심시간이었다. 점심 도시락은 반드시 교실에서 먹게 되어 있었다. 각자 자기와 친한 친구들과 함께 즐겁게 수다를 떨며 도시락을 먹었다. 어제까지만 해도 난 사이좋게 지내던 반 친구들과 함께 도시락을 먹었다. 나의 피터 래빗 도시락 통을 두고 이야기꽃도 피우면서.

"와, 귀여운 도시락 통이네."

"정말 예쁘다, 어디서 샀니?"

"엄마랑 같이 한큐(阪急) 백화점에 갔을 때 샀어."

"야, 좋겠다. 우리 엄마는 비싸다고 한큐에는 안 가는데. 내가 만약 가고 싶다고 하면 너나 가보라고 그러시는 거야. 하하하."

"그래? 우리 집은 한신(阪神)이야. 아빠도 엄마도 한신 타이거즈 광팬이라, 백화점도 한신밖에 안 가."

"진짜 대단하다. 근데 한신 어제 시합에서 졌더라."

"그런 건 상관없어. 이기든 지든, 자나 깨나 오직 한신이니까!"

"그 마음은 잘 알지."

즐거웠다…… 정말 즐거웠다.

어제까지만 해도 내 자리에서 함께 점심을 먹었던 여자애 둘이서 즐겁게 이야기를 나누며 점심을 먹고 있었다.

"오늘은 빵이니?"

"응. 엄마가 감기 걸리셔서 자리에 누워버리셨거든. 그래서 할 수 없이 빵을 싸왔어."

"넌 그래도 나보단 낫다. 우리 집은 엄마가 감기 안 걸려도 항상 안 싸주는데 뭐. 어쩔 수 없이 내가 맨날 싸온다니까."

"와, 그건 너무해. 야! 네가 만든 것 치고는 그래도 맛있어 보이는데? 비엔나소시지 한 개만 주라."

"그 도넛 주면 나도 줄게."

"너무해! 이건 큰맘 먹고 30엔이나 주고 산 거라고. 하하하."

"야, 30엔씩이나 돈을 쓰다니 넌 배짱도 좋다."

'재밌겠다, 어제까지만 해도 같이 점심을 먹었는데…… 같이 먹자고 불러주면 얼마나 좋을까, 하지만 그럴 리 없겠지. 만약 내가 그냥 그쪽으로 가면, 쟤들은 뭐라고 할까. 아마, 아무 말도 안 하고 그냥 날 무시할 거야. 어쩌면 둘이서 날 피해 다른 자리로 옮겨갈지도 몰라. 그러면 난 지금보다 더 비참해질 거야. 차라리 안 가는 게 더 나을 테지…….'

나는 자리를 뜨지도 못하고 숨소리조차도 죽인 채 도시락을 먹었다. 뭘 먹어도 맛이 있을 리 없었다…… 혼자서 먹는 도시락은. 즐거웠던 점심시간이 한순간에 지옥으로 변하고 말았다.

낙서

무시하는 것만으로는 모자랐는지 괴롭히는 방식이 다양해졌다. 책상에 내 이름을 쓴 낙서를 해대기 시작했다.

아침에 등교해보니, 내 책상 위에 연필로 쓴 낙서가 있었다.

'전 바보입니다. 미움을 많이 받고 있지요. 괜찮으시다면 절 불러주세요. 값도 아주 쌉니다. ○학년 ○반 미쓰요.'

그걸 본 내가 당황해하자, 주위에서 보고 있던 아이들이 킥킥대며 웃었다. 난 서둘러 지우개로 지웠다.

'휴, 다행이야. 지워졌다. 지워졌어.'

책상 위의 낙서를 지우고 나서 주위를 둘러보았더니, 반 애들이 여전히 날 보며 킥킥대고 있었다.

'아직도 어딘가 또 낙서가 남아 있는 건가?'

교실 뒤에 있는 사물함이나 다른 아이들의 책상 위를 전부 보았지만, 낙서는 더 이상 보이지 않았다. 미심쩍은 생각이 들긴 했지만 수업이 시작되는 바람에 자리로 돌아왔다. 수업이 시작되어도 반 아이들은, 날 힐끔힐끔 보면서 뭔가 만족스러운 듯 의기양양한 표정들을 짓고 있었다.

그 이유를 알게 된 건 셋째 시간인 미술시간이었다. 미술실에 들어가보니 교실 뒤편에 있는 책상 위에 아침에 보았던 것과 같은 내용의 낙서가 있었다.

'이걸 다른 반 애들까지 보면 큰일이야.'

그 수업이 끝난 후 낙서를 지웠다.

그러나 다음날에도 같은 내용의 낙서가 있었다. 그래도 연필로 써 있었을 때는 지우개로 지우면 그만이었다.

그걸로는 성에 안 찼던지 이번엔 지울 수 없도록 조각도로 글자를 새기기 시작했다. 그것도 전교생이 함께 사용하는 미술실이나 가정실습실의 책상 위에다가…….

그 낙서를 본 다른 학년의 학생들까지 일부러 교실에 찾아왔다.

"'싸게 판매' 한다는 애가 누구냐?"

"쟤야."

아이들이 날 보며 손가락질을 했다.

'뭐야, 나라고? 판다는 건 매춘을 한다는 얘기 아냐? 너네들 그걸 농담이라고 하고 있는 거니? 뭔 말들을 그렇게 함부로 하고 있는 거야?'

어처구니도 없고 왠지 창피하기도 해서 내 자리에 앉은 채로 말없이 고개를 숙이고 있었다.

"책상에 자기 이름을 쓰고 다니다니 바보 아냐?"

"그래도 싸게 판다잖아. 이해해라."

"누구라도 소개해주는 게 좋지 않을까?"

"그래 그런 방향으로 생각해볼까. 하하하."

"근데 왠지 건방져 보이는데?"

"정말 그렇긴 하네."

"혼쭐을 내주지 않으면 안 되겠는걸."

"그때는 나도 빼놓지 말고 불러. 재밌겠다."

거의 협박조의 말이 오갔다.

'내가 아냐, 아니라고. 그런 이상한 낙서는 내가 한 게 아니야…….'

그런 말이라도 하고 싶었지만 너무나 기가 막혀 말도 나오지 않았다.

난 창피하고 또 너무 무서워서 어떻게든 그 낙서를 지우고 싶었다. 그래서 방과 후, 아무도 없는 교실에 남아 낙서가 새겨진 책상에 앉아 지울 수 있는 방법이 없나 고민했다.

'정말 깊숙이도 파놨네. 이건 조각도나 공구 같은 걸로 파내지 않으면 글자를 지울 수도 없겠어. 근데 오늘은 그런 것도 없는데…… 어쩌지…….'

좋은 방법이 떠오르지 않았다. 그래서 내 이름만이라도 지우려고 손톱으로 파냈다. 책상의 나뭇결이 벗겨지면서 가시가 되어 손톱 밑을 아프게 찔렀다.

그러나 아무리 긁어도 지울 수 없었다. 그저 지우는 것에만 정신이 팔려 교실 입구에 A와 그 패거리들이 모여들어 내 모습을 지켜보고 있다는 걸 전혀 눈치 채지 못했다.

"재 좀 봐. 책상에 흠집을 내고 있잖아!"

A가 한 옥타브 높은 톤으로 소리를 질렀다. 거기에 맞춰 다른 아이들까지 합세해서 거들기 시작했다.

"정말이네."

"소중한 학교 비품에 흠집을 내면 안 되지."

"선생님한테 일러버릴까."

"그러면 저년이 시시콜콜 고자질하고 그러지 않을까?"

"그러니까 고자질하면 어떻게 되는지 미리 가르쳐둬야 되는 거 아냐?"

"그래야지."

"저년 머리를 빡빡 밀어버릴까?"

"스트립쇼를 하라고 해보는 것도 재밌겠는걸."

"옥상 난간에 매달아버리는 건 어떨까……."

"아휴 무서워, 난 그런 심한 짓 여간해선 못 해요. 오호호."

"A짱, 넌 정말 인간이 됐다니까."

속 시원히 한판 잘 놀았다는 듯 신나게 웃으며, 아이들은 승리한 전사들처럼 당당한 모습으로 돌아갔다.

'이 일을 절대로 선생님한테 말해선 안 돼…….'

그때 나는 그렇게 생각했다.

쓰레기 더미

그날은 도시락을 싸 가지 않아서 4교시가 끝난 후 빵을 사러 갔다. 점심시간에 교정에서 기다리고 있으면 동네 빵집 아저씨가 작은 트럭에 빵을 가득 싣고 팔러 오셨다. 나는 다른 아이들과 얼굴을 마주치는 게 싫어서 붐비는 때를 피해 트럭 쪽으로 갔다.

"아저씨, 멜론 빵 하나 주세요. 그리고 커피우유도요."

"미안하구나. 멜론 빵은 다 팔렸단다! 금방 다 팔려버리니까 빨리 나왔어야지."

"그러면, 잼 빵으로 주세요."

"여기 있다. 내일은 빨리 나오너라."

"네."

'누군 빨리 올 줄 모르나…….'

교실로 돌아와보니, 책상 위에 놓아두었던 필통이 없었다. 그 안에는 할머니가 주신 작고 예쁜 부적이 들어 있었다. 몸이 약한 나를 위해 일부러 절에 가서 사다 주신 것이었다.

'없어, 없어졌어. 도대체 멀쩡히 여기 있던 게 어디로 간 거야…….'

필사적으로 찾았다. 가방 속이며 책상 속이며 몇 번이고 찾아봤다. 없어, 아무 데도 없어. 그때 내 뒤에서 누군가 날 보고 있는 것 같은 시선이 느껴졌다. 돌아보니 너덧 명의 여자애들 가운데 한 아이가 나를 보며 히죽거리고 있었다. 그 애는 A의 친구는 아니지만, 괜히 따라다니는 들러리 중 하나로 항상 A의 비위를 맞춰주고 있었다.

'재는 A의…….'

불안한 생각이 들었다.

'설마…….'

나는 정신없이 교실 구석으로 달려가 쓰레기통 안을 조심스레 들여다보았다.

"앗, 아니, 이럴 수가……."

나는 순간 비명을 지를 뻔했다. 입을 손으로 틀어막고 눈물을 참았다.

두 동강이 난 필통과 그 안에 들어 있던 샤프펜슬, 지우개, 빨간 색연필과 소중히 여기던 부적이 모두 쓰레기와 함께 뒹굴고 있었다.

'부적이 쓰레기통 안에 들어가 있다니…… 이런 죄 받을 일을 서슴없이 저지르다니…….'

난 그 자리에 쭈그리고 앉아 물건들을 주워 하나하나 무릎 위에 올려놓고 조심스레 어루만지듯 부적에 붙어 있던 먼지를 털어냈다. 그러고는 두 손으로 꼭 움켜쥐었다.

'할머니가 주신 건데…… 할머니한테는 뭐라고 말하지?'

할머니께 미안한 생각마저 들었다.

아까 그 여자애의 시선이 느껴졌다.

'걔가 한 짓일 거야…… 틀림없어.'

그런 생각이 들었다. 하지만 증거가 없었다…….

나는 자리로 돌아와, 주워 온 것들을 책상 속에 넣고 부적만은 따로 가방에 넣어두었다. 그러고는 사 가지고 온 잼 빵을 한 입 베어 물었지만 목으로 넘어가질 않았다.

'더 이상 못 먹겠어. 숨이 막힐 것 같아…….'

그 교실 안에 있는 것 자체가 버거워진 나는 맑은 공기라도 마시려고 먹기 시작했던 빵을 그대로 두고 교실을 나와 교정을 그냥 서성거렸다. 화단에는 형형색색의 꽃이 활짝 피어 있었다.

'이건 수국, 저건…… 그러니까 저건 무슨 꽃이었지? 그렇지, 팬지로구나. 예쁘게도 피어 있네…….'

꽃을 바라보며 마음을 가라앉히고 교실로 들어왔다.

교실로 돌아온 나는 온통 쓰레기로 가득한 책상 위를 보고 너무도 놀라 어떻게 해야 할지 알 수가 없었다. 그 자리에 멍하니 서 있는 나를 보며 아까 그 여자애가 들으라는 듯 큰 소리로 말했다.

"아까 쓰레기를 뒤지고 있기에 딱해서 내가 대신 쓰레기를 모아둔 거야."

"그러니까 우리한테 감사해."

"이제부터는 매일 쓰레기를 모아줄게."

"쓰레기가 아주 잘 어울리는데."

"정말 볼만하다."

아이들은 재밌다는 듯 웃으면서 지껄였다.

'금방 수업이 시작될 텐데. 선생님이 오시기 전에 얼른 치워야 하는데 어쩌나…….'

선생님이 보시면 그냥 넘어가지 않고 이유를 물으시겠지. 아무 일도 아니라고 시치미를 뗄 자신이 없어. 그냥 말도 못 하고 울어버리겠지. 만약 사실대로 말해버리면 '고자질'했다고 더 심한 꼴을 당할지도 몰라.

—머리를 빡빡 밀어버린다고 했어. 스트립쇼를 시킨다느니, 옥상에 매달아놓는다고.

A와 그 친구들이 했던 말들이 가슴속에서 구급차의 사이렌 소리처럼 울려 퍼지고 있었다.

나는 잔뜩 어질러진 쓰레기들을 쓰레기통에 집어넣었다. 하지만 엎질러진 커피우유와 자잘한 쓰레기들이 뒤범벅이 되어버린 건 맨손으로 치울 수가 없었다. 교실 뒤편에 있는 걸레를 가지러 서둘러 발걸음을 옮기는데 가까이 있던 아이가 발을 걸었다. 나는 그 자리에서 힘없이 넘어지고 말았다.

"아얏!"

넘어지면서 무릎이 까졌다. 피가 나기 시작했다. 그런 나의 모

습을 보며 다리를 건 아이가,

"어머나. 정말 미 · 안 · 해! 너도 알다시피 내 다리가 워낙 길잖아. 이해해라. 괜찮지?"

이렇게 말하고는 깔깔대며 웃었다.

난 치마를 털며 내 자리로 돌아왔다. 그러고는 다시 걸레를 가지러 가지도 못하고 손수건을 꺼내 엉망이 된 책상을 닦았다. 이런 일을 당하면서도 하지 말라는 말 한마디조차 못 하고 있는 나 자신이 정말 한심하다는 생각이 들었다.

물에 빠진 생쥐

나는 감기에 걸리면 항상 배탈이 나곤 하는데 그날은 속이 별로 좋지 않았다. 쉬는 시간에 화장실에 가서 문을 잠그고 앉아 있자니 바로 화장실 문 앞에서 뭔가 소곤대는 소리가 들려왔다. 신경이 쓰이긴 했지만 그냥 앉아 있으려니, 머리 위에서 갑자기

"쏴아."

하는 소리와 함께 물이 한꺼번에 쏟아져 내렸다.

"으악!"

한 양동이는 될 것 같은 물을 머리부터 뒤집어쓴 나는 졸지에 물에 빠진 생쥐가 되었다.

내가 비명을 지르자 "됐어, 됐어, 성공이야"라며 몇 명인가가 뛰어 달아나는 소리가 들렸다.

겨우 일어나서 조심스럽게 화장실 문을 열었다. 거기에는 이미 아무도 없었다.

'왜, 왜 이런 일을 당해야 하는 걸까? 이렇게 흠뻑 젖은 채로 교실에 그냥 들어갈 수는 없어. 어쩜 좋지?…….'

화장실 세면대의 거울은 나의 비참한 모습을 고스란히 비춰주고 있었다.

'왜 매일매일 이런 꼴을 당해야 하지? 내가 뭘 잘못했다고?'

그 자리에 주저앉아 울었다. 그때 그런 나를 발견한 한 애가,

"아이고 더러워. 못 봐주겠네."

있는 대로 호들갑을 떨어가며 다른 아이들을 불러 모았다. 눈 깜짝할 사이에 몇 명의 아이들이 몰려와 나를 둘러쌌다.

"와, 물에 빠진 생쥐잖아."

"영락없는 생쥐네. 잘 어울린다."

"정말 딱이야!"

"구정물이 뚝뚝 떨어지는 물에 빠진 생쥐, 되시겠습니다."

"그거 멋지다."

"아 그렇지! 변소, 변소다. 이제부터 이년을 변소라고 부를까?"

그중 한 아이가 엄지손가락과 집게손가락으로 동그라미를 만들고는 흡족한 미소를 지으며 말했다.

"굿이야!"

수업 시작을 알리는 종이 울리자 아이들은 모두 서둘러 교실로 돌아갔다. 나는 교실로 돌아갈 수가 없어 그대로 양호실로 갔다.

"무슨 일이야? 어쩌다 이렇게 젖어서……."

양호선생님은 무척 놀라며 수건으로 닦아주셨다.

"졸려서 얼굴을 씻고 있었는데, 친구가 저를 불렀어요. 그때 뒤를 돌아보다가 그만 수도꼭지에 부딪혀 머리부터 뒤집어썼어요."

빤한 거짓말을 했다. 그 이상 말을 못 하는 나를 보시고 선생님

은 아무것도 묻지 않으셨다. 그러고는 교실에서 가방을 가져다 주셨다.

"힘들면 언제든지 오너라."

선생님께서는 그렇게 다정히 말씀해주셨다.

'양호선생님께라도 매일매일 괴롭힘을 당하고 있다고 말해볼까…….'

문득 그런 생각을 했다. 그러나 만약 이런 사실이 담임선생님 귀에 들어가기라도 한다면…….

—빡빡머리에, 스트립쇼에, 옥상에 매달 거야.

또 다시 A패거리가 비아냥거리던 목소리가 귓가에서 메아리쳤다.

'안 돼. 말하면.'

결국 아무 말도 하지 못했다.

한 시간 정도 누워 있다가 그냥 집으로 돌아갔다.

등교 거부

다음날 나는 결국 학교에 가지 못했다.

아침 일곱 시가 지나자 언제나처럼 엄마가 날 깨우러 오셨다. 난 이미 깨어 있었지만, 잠자는 척하며 침대 속으로 파고들어갔다.

"일어나, 학교 갈 시간 됐어."

"……."

"시간 됐다고……."

"……."

"늦겠다니까."

"안 갈래……."

"뭐라고?"

"학교 안 가."

"갑자기 왜?"

"아파."

"학교도 못 갈 정도로 아프단 거야? 어디가 아픈데?"

"전부."

"전부라니 도대체 무슨 말이야?"

"감기 같아, 열도 있고."

엄마는 서둘러 구급 상자에서 체온계를 꺼내, 내 겨드랑이에 꽂았다.

"35.6도밖에 안 되잖아."

"……."

"너, 아프지도 않으면서 꾀병 부리면 안 돼."

"……."

"빨리 일어나라니까. 학교 가야지."

"아프다면 아픈 거야."

머리부터 이불을 푹 뒤집어쓴 나를 보고 엄마는

"오늘만이야. 내일은 꼭 가야 해."

포기한 듯 그 이상 이유를 묻지는 않았다.

걱정이 되었는지 할머니가 죽을 끓여 먹여주셨다.

'할머니…… 고마워요…….'

할머니는 언제나 다정했다.

다음날에도 학교에 가지 않았다.

지금까지 이런 식으로 학교를 쉰 적이 없었던 터라 이상하게 여긴 엄마가 걱정스레 물었다.

"학교에서 무슨 일이라도 있었니?"

"아니……."

난 아무 일도 없었던 양 대답했다.

'엄마한테 말하면 아빠가 알게 될 테고, 그럼 학교에도 알려지

겠지. 학교에 알려지면 '고자질'한 게 되어버릴 테고. 아마 걔들이 날 죽일 거야…….'

이런 생각이 든 나는 괴롭힘을 당하고 있다는 말을 꺼낼 수가 없었다.

"그렇다면 다행이지만."

"……."

"그럼 오늘 학교는 어떻게 할 건데?"

"오늘도 아프니까 쉴래."

"그저 아프다는 소리만 하고 도대체 어디가 아프다는 거야?"

"……."

"이렇게 학교 빠지다간 공부도 못 따라가."

"나중에 잘할게."

아무리 타일러도 소용없다고 판단했는지 엄마는 출근을 하셨다.

다음날도 그 다음날도 학교에 가지 않았다. 그러나 일주일씩이나 학교를 안 가면서 매일 똑같은 거짓말만 할 수도 없는 노릇이었다.

"너, 학교에서 틀림없이 무슨 일 있었지?"

"……."

"그렇게 말 안 하고 있으면 어떻게 알아?"

"……."

"너 계속 이러면 정말 엄마가 직접 학교 친구들한테 물어볼 거야."

'그것만은 안 돼. 엄마도 못 참고 아마 그렇게 할지도 몰라…… 더 이상 숨기고 있다간 정말 큰일 나겠어…….'

엄마가 따져 묻는 바람에 더 이상 말을 안 할 수도 없어, 괴롭힘을 당하고 있었다는 걸 전부 말했다.

이야기를 듣고 있던 엄마는 처음에는 아무 말씀이 없으시더니 결국엔 화를 내셨다.

"왜 엄마한테 더 빨리 말하지 않았어?"

'말을 할 수만 있었다면 옛날에 말했지…….'

마음속으로 이렇게 되뇌었다.

그날 밤 늦게 돌아오신 아빠는 엄마에게 그 얘기를 듣자마자 화를 내시며,

"도대체 선생들은 뭐 하는 거야?"

즉시 담임선생님 댁으로 전화를 하셨다. 그러고 나서 다음날 아침에는 학교에 전화를 걸어 교장선생님에게까지 항의를 하셨다. 그러고는 불안한 얼굴로 상황을 지켜보고 있던 내게 말씀하셨다.

"넌 더 이상 걱정 안 해도 돼. 학교에서 전화가 올 때까지 집에 있어."

고자질

그로부터 이삼일 후 담임선생님이 이제 다 해결이 됐으니까 학교에 나오라고 전화를 걸어오셨다.

퇴근하신 아빠에게 그 사실을 알렸다.

“선생님이 내일부터 나오라고 하시는데, 해결됐다는 거 정말일까?”

“선생님이 그렇게 말씀하시니까 괜찮겠지.”

“…….”

“해결됐다는데 또 왜 그러는 거야?”

“그렇지만, 선생님이 정말 내용을 다 알고 하는 얘긴가 해서 그래.”

“왜 그런 생각을 해?”

“선생님이랑 얘기를 해봐도 왠지 말이 통하지 않는다고나 할까? 좀 그런 사람이라서…….”

담임선생님은 어딘지 모르게 차가운 느낌이 드는 사람이었다. 담임으로서 일단은 학생들의 이야기를 들어주기는 하지만 그냥 듣기만 할 뿐, 그 이상은 아무것도 해주지 않는 매우 사무적인 사람이었다. 정말 내가 받은 첫인상 그대로였다.

아빠는 그런 건 전혀 몰랐기 때문에 원론적인 말씀만 하셨다.

"설마 선생님인데 그럴 리가 없지."

"왜 없어?"

"명색이 담임선생님이잖아. 애들에 대해서 모를 리가 없지."

"그럴까?"

"교장선생님께도 잘 얘기해뒀으니까 이젠 걱정하지 마."

"교장선생님……?"

교장선생님이 어떤 사람인지는 잘 몰랐다. 나는 정말로 해결이 됐는지 의심이 갔지만, 하는 수 없이 학교에 가기로 마음먹었다.

다음날 학교에 도착해, 담임선생님이 전화로 말씀하신 대로 곧바로 교무실로 갔다. 문이 열려 있어서 안을 빼꼼히 들여다보니 담임선생님은 자기 자리에 앉아 계셨고 그 앞에 A가 서 있었다.

'앗, A가 와 있네…….'

괴롭힘을 당했던 일이 떠오르자 그냥 집으로 돌아가고 싶어졌다.

그렇지만, 절대로 도망쳐서는 안 된다고 마음을 다잡고 교무실 안으로 들어갔다.

"선생님, 안녕하세요?"

가까이 다가갔을 때, A가 한순간 싸늘한 눈으로 날 쳐다봤다. 나는 그 눈빛에 완전히 주눅이 들고 말았다.

'정말 해결이 된 걸까?'

불안한 생각들로 머릿속이 복잡했다. 그때 A가 눈도 깜빡하지 않고 내게 오른손을 내밀었다.

내가 놀란 얼굴을 하자, 담임선생님은

"화해하는 뜻에서 이제 서로 악수해."

하고 엄한 목소리로 말씀하셨다.

'화해의 악수라니 대체 무슨 뜻이야? 이런 건 화해할 일이 아니지. 난 애랑 싸운 적이 없어. 일방적으로 당하기만 한 건데 사과를 받아도 모자랄 판에 이제 와서 무슨 화해야…….'

납득이 되지 않았다. 그러나 이런 걸로 괴롭힘을 당하지 않게 된다면 시시콜콜 따지지 말자는 생각에 나는 A가 내민 손을 잡았다.

그러나 A는 자기 손을 내 손에 갖다 대기만 했지 잡지는 않았다.

'A는 화해를 할 생각은 눈곱만치도 없어. 선생님이 그렇게 하라고 말씀하시니까 할 수 없이 하는 시늉만 하는 거야.'

그때 A의 손에서 전달된 뜨뜻미지근한 불쾌한 감촉은 지금도 생생히 기억이 난다.

담임선생님은 둘의 이런 분위기를 읽지 못했는지,

"이걸로 화해한 거야. 잘됐다, 이제 오케이!"

라고 하시며 만족스러운 듯 책상 위에 놓여 있던 녹차를 맛있게 들이켰다.

아니나 다를까, 이걸로 더 이상 괴롭힘을 당하지 않을 거라고 믿었던 건 큰 오산이었다.

교실로 들어가자마자, A는 자기와 친한 여자애들에게 다가가 나한테 들으라는 듯 큰 소리로 말했다.

"저년이, 꼰대한테 낱낱이 일러바쳤다니까."

그러면서 세상에 이것도 인간의 눈인가 싶을 만큼 매서운 눈초리로 나를 노려보았다. A의 패거리 역시 같은 눈초리로 날 노려보았다. 그 이후 그나마 물을 뒤집어씌우는 일은 없어졌다. 하지만, 여전히 A와 그 패거리들은 버젓이 내 욕을 하고 다녔다. 내 이름에다 '고자질쟁이'라는 딱지를 붙여가지고.

난 부모님께 털어놨던 걸 후회했다.

친구

1979년 4월, 중학교 2학년이 되었다. 반이 바뀌어 A와 그 패거리들과는 다른 반이 되었다. 담임선생님도 다른 분이 되셨다. 처음으로 담임을 맡는 신입 선생님은 전공이 미술이었다. 얼굴은 온통 여드름 자국투성이에다 아직 젊은데도 입꼬리가 아래로 처져 있어 잔뜩 심술이 난 사람처럼 인상이 안 좋았다.

"난 이번에 처음으로 담임을 맡게 됐다. 너희들 힘든 일이 있으면 언제든 이야기하거라."

선생님의 첫 인사말이었다.

'잘난 척하기는, 게다가 겉늙어 보이고 젊음도 느껴지지 않는데…… 이런 선생님과 일 년을 지내야 한다니…….'

이런 생각에 마음이 무겁긴 했지만, 이제는 A와 얼굴을 마주치는 일도 없을 테니 새롭게 학교생활을 제대로 즐겨보리라 마음먹었다.

같은 반에는 마음이 맞는 친구가 세 명이나 생겼다. 세 명 중 한 아이가 우연히 내게 말을 걸어준 게 계기가 되어 친하게 지내는 동안 다른 두 아이와도 친구가 되어 넷이서 항상 함께 다녔다.

"난 맛찌(近藤眞彦: 곤도 마사히코. 1964년생. 예능기획사인 쟈니즈 소속. 가수, 배우, 레이싱드라이버. 1980년대를 대표하는 남성 아이돌)가 좋아."

"나도."

"난 도시짱(田原俊彦: 다하라 도시히코. 1961년생. 예능기획사인 쟈니즈 소속. 가수이자 배우. 1980년대를 대표하는 남성 아이돌)이 더 멋있는 것 같아."

"다들 취향이 너무 아동틱한 거 아니니? 난 노구치 고로(野口五郎: 1956년생. 가수, 배우. 1970년대를 대표하는 남성 아이돌)가 좋아."

"우웩, 취미도 독특하시네. 그런 아저씨가 좋다고? 참아라 참아."

"흥, 그게 뭐 어때서?"

모이기만 하면 고작 아이돌 가수나 TV드라마에 대한 얘기가 대부분이었지만, 정말로 즐거웠다. 방과 후에도 함께 노는 경우가 많았다. 마트에 같이 가서 넷이 똑같은 가방을 사기도 했다.

'내게도 겨우 친구가 생겼어…….'

정말로 기뻤다.

점심도 넷이서 함께 먹었다.

"오늘도 도시락?"

"응, 우리 집은 아빠가 손수 싸주시거든."

"와, 넌 좋겠다. 난 내가 만들어 오는데."

"정말? 그런 거 치고는 제법 그럴싸하다. 다음에 도시락 싸는 거 좀 가르쳐줘."

"좋아, 도시락 반찬 만드는 법 적어놓은 게 있으니까 내일 보여줄게."

"정말이야? 잘됐다."

"야, 좋은 생각이 있어. 우리 학교 끝나고 집에 갈 때, 나랑 같이 내일 도시락 반찬거리 사러 안 갈래?"

"그래, 재밌겠다. 다 같이 가자."

그전까지만 해도 혼자서 점심을 먹을 수밖에 없었던 내게는 너무도 행복한 일이었다.

그 당시 나는 항상 약을 먹고 있었다. 식후에 약을 먹는 걸 보고 그 애들은 이상하다는 듯 물었다.

"야, 그거 무슨 약이니?"

"응 그냥……."

"어디 많이 아프니?"

"사실은 등이 가끔씩 아프거든."

편식만 하고 입이 짧은 나는 몸이 약해 자주 병원에 다니고 있었다.

"무슨 병인데 매일 약을 먹어?"

"별거 아니지만 말하긴 창피하단 말야."

"괜찮아, 뭐 어때? 친구끼리."

"그래도."

"뭘 그렇게 숨기냐? 우린 친구잖아!"

"응, 그게…… 그러니까 신경통이야. 나 할머니 같지……?"

"무슨 소리야? 그렇지 않아. 근데 많이 힘들겠다."

"응. 그리고 이 얘긴 비밀이야. 다른 애들한테는 말하지 마. 노인네 같다고 놀림당할 것 같으니까……."

"알았으니까 걱정 붙들어 매."

그 애들을 진정한 친구라 믿었던 나는 뭐든 숨기지 않고 얘기했다. 마음속으로 좋아하고 있는 남자애에 대한 얘기까지도 했다.

1학년 때처럼 여전히 일부 아이들은 날 무시하기도 했지만, 진정한 친구라 부를 수 있는 애들이 항상 곁에 있었기 때문에 그런 일에는 일일이 신경쓰지 않았다.

2학기에 접어들면서, 반 아이들 집으로 젊은 여자 목소리의 장난 전화가 걸려오는 일이 일어났다. 물론 우리 집에도 그런 전화가 걸려오곤 했다. 우리 집에 전화가 온 어느 날은 우연히 집에서 쉬고 계시던 아빠가 전화를 받으셨다.

"여보세요……."

"네, 어디신가요?"

"당신네 집 애가 도둑질을 했어."

"별안간 무슨 소리를 하는 거요? 당신 누구야?"

"성매매도 하고 있다고."

이런 말을 남기고 전화는 뚝 끊어졌다.

이런 기분 나쁜 전화가 하루에도 몇 번씩이나 왔기 때문에 이 사실을 학교에도 알리고 경찰에도 신고를 했다. 그리고 전화 내용을 녹음할 수 있는 장치까지 설치했다. 하지만 결국 범인은 잡히지 않았다.

겨울방학이 되어 넷이서 함께 모여 놀던 날, 장난전화를 건 범인에 대한 이야기를 했다.

"우리끼리라도 그 뻔뻔스런 범인을 잡았으면 좋겠다."

"그래, 그러면 좋겠지만 어떻게 잡지?"

"그러니까 예를 들면, 길가에 있는 공중전화에서 전화를 거는 현장을 잡는다든지……."

"아니면, 모두에게 미움 받고 있는 애 뒤를 밟아본다든지……."

"대략 범인이 누군지는 다 알고 있지만."

"그래, 대강 짚이는 데가 있어."

셋이서 재미있다는 듯 이런 얘기를 하고 있기에 나도 끼어들며,

"뭐? 범인이 누군지 알아?"

이렇게 물으니까 세 명은 뭔가 의미가 있는 듯한 야릇한 표정을 지으며 말했다.

"개학하면 너도 알게 될 거야."

'왜 지금은 안 가르쳐주는 걸까?'

이때 평소와는 달리 이상하다는 생각이 들긴 했지만, 이 세 명을 진정한 친구라 믿고 있었던 난 설마 걔들이 날 범인으로 지목하고 그런 말을 했다는 건 상상조차 못 하고 계속 수다를 떨었다.

"우리끼리 전화를 추적하는 방법을 연구해볼까?"

나는 탐정이라도 된 듯 신이 나서 이렇게 말했다. 그 애들이 나를 어떻게 생각하고 있는지도 모르고…….

2장
자살 미수

배신

1980년 1월 8일, 그날은 새 학기가 시작되는 날이라 개학식만 하고 학교는 오전에 끝났다.

집에 가려고 신발장에서 신발을 꺼내는데, 동급생인 여자아이가 다가와 다짜고짜 날 불러 세웠다.

"야! 근데 너한테 좀 할 말이 있어."

나는 영문도 모르고 그 여자애 뒤를 따라 교실로 들어갔더니 거기엔 이미 몇 명의 아이들이 작정을 한 듯 모여 있었고 그중에는 내 친구 세 명도 있었다.

"뭐야, 무슨 일인데 다들 모여서 이러니?"

"너지, 장난전화를 건 범인."

이렇게 말하며 시비를 걸어왔다. 난 별안간 그런 어처구니없는 얘기를 듣고 놀라기는 했지만 무슨 헛소리를 하냐는 듯 확실히 아니라고 말했다.

"난 아니야. 장난전화 같은 건 걸지도 않았어."

"그런데 장난전화를 받았던 애가 니 목소리랑 아주 똑같다고 하던데?"

"그런 장난전화는 우리 집에도 걸려왔었어."

"그렇다는 걸 우리가 어떻게 믿니?"

"난 절대 아니야. 그런 짓은 하지 않았어."

"시치미 떼지 마. 네가 공중전화박스에서 전화 걸고 있는 걸 본 애가 있는데도?"

"언제 적 얘기야? 내가 공중전화로 전화를 건 적이 있긴 하지만, 그건 장난전화를 걸었던 게 아니야."

"전화했다면서?"

"용건이 있어서 했을 뿐이야. 장난전화를 건 게 아니라고."

"그런 건 아무래도 상관없어. 네가 틀림없어. 내가 널 범인이라고 정했으니까."

아무리 내가 범인이 아니라고 주장해봤자 아무도 믿어주지 않았다. 그러고는 장난전화 얘기는 그대로 끝내버리고 일방적으로 다른 얘기를 하기 시작했다.

"사실대로 말해줄까?"

"우린 네가 전학 왔을 때부터 정말 재수가 없다고 느꼈어."

"그건 그래, 정말 재수 없었어."

"따분하고."

"건방지고."

"그래! 네 말이 맞아, 진짜 건방지다니까."

"너 신경통이라며?"

"할망구 같기는. 그렇게 앓고만 있지 말고 빨리 죽기나 하시지."

"너 ○○를 좋아한다던데, ○○는 너같이 병 걸린 애는 싫다더라, 아하하하."

'어째서 이 애들이 내 병에 대해서 알고 있는 거지? 내가 좋아하는 애에 대해서는 아무한테도 말한 적이 없는데…… 누구한테도…… 앗! 그렇지, 걔네들 세 명한테는 말했었지…….'

그때 나는 그 세 아이의 얼굴을 돌아가며 차례차례 봤다. 세 명 모두가 의기양양한 미소를 머금고 있었다. 승리를 만끽하고 있는 듯한 얼굴. 태어나서 처음으로 그런 소름 끼치는 미소를 봤다.

'걔네들 세 명이 우리끼리 했던 얘기를 전부 말해버렸구나.'

나는 그제야 겨우 모든 것을 알아버렸다. 내가 세 명을 노려보고 있으려니까, 다른 애들이 나서서,

"너 같은 건 우리들같이 어엿한 인간 중에서 누군가를 좋아할 자격 같은 건 없는 거 아냐?"

"그거, 명언이다."

"진짜, 길거리에 있는 개라도 상대하시지. 이 할망구 병자야."

그 애들은 번갈아가며 한마디씩 욕설을 퍼부었다.

'이것들은 장난전화를 건 범인이 나든 아니든 애초에 상관도 없었구나. 그저 시비를 걸어 괴롭힐 구실이 필요했을 뿐이지…….'

나는 예전에 괴롭힘을 당했던 일이 생각났다.

'무시당하거나, 내가 없는 곳에서 내 욕을 하거나, 낙서를 하거나, 내 물건을 함부로 쓰레기통에 버리거나, 화장실 안에 있는 내

게 물을 끼얹거나, 정말 많이도 심한 일을 당해왔어. 얘네한테 무슨 권리가 있기에 날 이렇게…….'

그리고 무엇보다도 충격적이었던 건, 진짜 친구라고 믿고 있던 세 명이 마치 손바닥을 뒤집듯 저들의 편에 서 있다는 것이었다.

'정말로 친구라고 생각했었는데…… 친구라고…….'

그렇게 믿었기 때문에 지금까지 아무한테도 말하지 못했던 비밀이나 걱정거리까지도 모두 털어놨는데, 그게 빠짐없이 다른 애들 귀에 들어가 있었다.

'얘네들이 나한테는 친구인 척하면서 내 비밀을 숨김없이 다 털어놓게 해놓고, 그걸 뒤에서 다른 애들한테 모두 알려주며 얼마나 날 비웃고 있었을까. 그것도 겨울방학 중에 이미, 오늘 나를 불러낼 걸 미리 알고 그런 얘기를 했었구나. 날 감쪽같이 속이다니. 배신자들…….'

여러 아이들에게 둘러싸여 있으면서도 유독 이 세 명에 대한 증오가 불타올랐다. 그리고 할 수만 있다면 이 세 명을 이 자리에서 모두 죽여버리고 싶다는 생각까지 했다.

그렇지만 그렇게는 할 수 없었다.

난 주먹을 불끈 쥐고 입술을 깨물었다. 참았는데도 그냥 눈물이 흘러내렸다.

그걸 본 아이들이,

"아, 하고 싶은 말을 했더니 이제야 십 년 묵은 체증이 가시는 것 같아."

"난 꽉 차 있던 변비가 나은 느낌이야."

"지저분하긴."

"내일은 또 무슨 말을 해줄까?"

"어디 보자, 우리가 얘를 얼마나 싫어하는지 다시 한 번 말해줄까?"

"그런 얘길 하자면 몇 날 밤을 새도 모자라지."

"그랬다가 또 이게 고자질하는 거 아냐?"

"그러면 그때 가서 방법을 생각하면 되지 뭐가 걱정이냐?"

이런 말들을 하며 나를 발로 차는 시늉을 했다.

난 분한 마음에 쏟아지는 눈물을 참지 못하고 그 자리를 떠났다. 그런 내 뒤통수에 대고,

"바보, 멍청이 같은 것. 빨리 뒈져라."

"옳소."

소리치고 깔깔거리며 웃고 있었다.

그래, 죽어버리자

이 학교로 전학을 온 이래 계속해서 괴롭힘을 당해왔던 일들과 함께, 친구라고 믿었던 아이들에게 배신을 당한 충격에 잊으려 했던 일들이 하나하나 떠오르기 시작하더니 머릿속에서 주마등처럼 맴돌기 시작했다.

'오늘 있었던 일들을 모두 부모님께 말씀드리면, 학교에도 금방 알려지겠지. 그러면, 또 '고자질쟁이'라며 더 심하게 날 괴롭힐 거야. 그래도 지금까지는 참아왔지만, 이젠 한계야…… 더는 못 참아…… 죽는 게 나아…… 이렇게 사느니 차라리 죽는 게…….'

이런 생각을 하며 집으로 돌아온 나는 2층에 있는 내 방으로 올라가 책상 앞에 앉아서 죽을 방법을 이것저것 생각해보았다. 옥상에서 뛰어내릴까, 달려 들어오는 전차에 뛰어들까, 손목을 자를까…….

'만약에 내가 그냥 평범하게 죽어버리면 그것들은 아무 일도 없었던 것처럼 뻔뻔스럽게 다리 뻗고 잘살겠지. 그것만은 참을 수 없어. 내가 얼마나 고통을 겪었는지 그것들도 실감나게 해줄 거야…….'

나는 생각 끝에 결국 '절복자살'을 하기로 마음먹었다. 사실 그 당시 난 옛날 무사들이 했던 절복(切腹)과 그저 배를 잘라 가르는 할복(割腹)을 구별하지도 못했고, 그저 배를 찌르는 게 절복이라 생각하고 있었다(당시 이 사건을 다룬 신문기사에는 '할복자살'을 기도한 것으로 나왔다). 이런 방법으로 죽을 결심을 한 나는 먼저 왼손 손목 근처를 면도칼로 그어 피가 나게 한 다음, 그 피로 유서를 썼다.

'그것들만은 절대로 용서할 수 없어…….'

그 자리에 있던 아이들 모두의 이름을 빼놓지 않고 적었다. 그러고 나서 '친구의 가면을 쓰고 날 배반한 그것들 세 명만은 죽어도 용서 못 해. 저주해서 죽여버릴 거야. 아빠, 엄마, 할머니, 미안해요.'

그렇게 적은 종이를 책상 서랍 속에 넣어두고 집을 나왔다.

할머니는 5년 전쯤부터 류머티즘 치료를 받느라 매일 통원을 하고 계셨기 때문에 그날도 다행히 그 시간에 집에는 안 계셨다.

집에서 5분 정도 거리에 있는 마트에 가서 과도를 샀다. 그런 다음 조금 더 걸어 국도 2호선으로 나와 택시를 잡아타고, 무코 강 둔치로 갔다. 자살할 장소를 무코 강으로 정한 건 특별한 이유가 있어서가 아니었다. 혼자서 죽을 수만 있으면 어디든 상관이 없었다.

무코 강은 강을 사이에 두고 아마가사키(尼ケ崎) 시와 니시노미야(西宮) 시로 나뉘어 있는데 나는 아마가사키 시 쪽에서 내렸다. 한참을 걸었지만 둔치를 산책하는 사람들이 많아 자살할 만한 장소가 없었다. 그래서 나는 다시 니시노미야 쪽으로 걸어갔다.

걷다가 얕은 물웅덩이가 있긴 했지만 풀들이 무성하게 우거져 있는 장소를 발견할 수 있었다.

'여긴 앉아만 있으면 지나가는 사람에게는 전혀 안 보이겠지. 그래 바로 여기야, 여기서 죽자…….'

교복을 입은 채로 물이 고여 있는 자리에 무릎을 꿇고 앉았다. 치마는 물론이고 속옷에까지 스며드는 물로 삽시간에 싸늘한 냉기가 몸속을 파고들었다.

'어떻게 그런 것들을 용서할 수가 있겠어. 절대로 용서 못 해. 복수를 해줘야지. 내가 얼마나 고통을 받았는지. 그것들이 얼마나 더럽게 굴었는지 세상에 꼭 알리고 말 거야…….'

나는 과도를 칼집에서 꺼내, 오른손에 들고 칼끝을 배로 향하게 한 다음 왼손도 한데 모아 두 손으로 칼을 쥐었다.

그러나 손이 떨려 아무래도 찌를 수가 없었다. 무서워…… 역시 죽는 건 무서워. 한참 동안 칼끝을 배에 겨누고만 있었다.

'지금이라면 그냥 돌아갈 수도 있어. 지금이라면…….'

칼을 잡고 있던 손에 힘을 빼고 바닥에 놓으려는데 날 괴롭혔던 아이들의 얼굴이 하나씩 떠오르기 시작했다. 나를 괴롭힐 때마다 보이는 싸늘한 미소에다 의기양양한 모습들, 그리고 나를 조롱하며 고소하다는 듯 웃어댈 때의 소름 끼치는 웃음소리…….

'배신자…… 절대로 용서할 수 없어.'

그 순간 난 배신한 세 명에 대한 억누를 수 없는 분노를 담아 한 번에 세 군데나 연거푸 찔렀다. 갑자기 내 몸에서 무서울 정도로 많은 양의 피가 쏟아져 나왔다.

난 결국 습지에 앉아 있던 채로 옆으로 고꾸라졌다.

그 애들의 웃는 얼굴이 눈에 선하고 분한 마음을 도무지 주체할 수가 없었다.

'용서할 수 없어. 죽어도 용서 못 해…….'

그렇지만 아무리 기다려도 의식은 희미해지지 않았다.

그 당시 나는 배를 찌르기만 하면 금방 죽는 줄로만 알고 있었다. 그러나 아무리 기다려도 죽지 않았다. 너무 고통스러워 빨리 숨이라도 끊어지면 그나마 편해질 거라는 생각에 누운 채로 두 군데를 더 찔렀다.

그런데도 의식이 몽롱해지기는커녕 더욱 큰 아픔이 엄습해왔다.

'아파…… 아파…… 죽겠어…… 누구…… 누구 좀 도와주세요!'

그러나 누구도 도와주지 않았다.

그날은 정말로 추운 날이었다. 더군다나 물웅덩이가 되어버린 습지에 누운 채로 많은 피를 흘린 상태라 내 힘만으로는 일어설 수도 없게 되어버렸다.

'난 도대체 왜 태어났을까. 왜 이렇게까지 되어버린 거지…… 이렇게 되려고 여태껏 살아온 것도 아닌데…… 내가 무슨 죄를 지었다고…….'

이런 생각에 정말로 비참해졌다.

견디기 어려운 아픔을 겪으며 이런저런 생각을 하고 있자니, 갑자기 할머니의 다정한 얼굴이 떠올랐다.

"밋짱……."

하고 할머니가 내 이름을 부르는 것 같은 느낌이 들었다.

'할머니가 보고 싶어. 집에 가고 싶어…….'

그때 막 자전거를 탄 중년 남자가 내가 있는 쪽을 조심스레 살피고 있는 게 보였다. 난 반사적으로 소리쳤다.

"살려주세요!"

그러나 그 남자는 한참 동안 내 모습을 보고 있다가 그냥 자전거에 올라타더니 어디론가 가버리고 말았다. 그러고 나서 한참이 지났는데도 그 남자가 다시 오는 일도, 구급차가 오는 일도 없었다. 아마도 이런 일에 휘말리고 싶지 않았던 모양이다.

'세상이란 결국 이런 거야, 자기만 편하면 된다고 생각하는 것들뿐이라고. 자기 하나 괜찮으면 다른 사람은 어떻게 되든 상관없다는 거겠지. 역시 난 죽는 게 더 나아…… 그냥 빨리 죽고 싶다.'

그러나 한 번 떠오르기 시작한 할머니의 얼굴이 지워지지 않는 것이었다.

'할머니, 할머니가 보고 싶어. 다시 한 번만, 단 한 번이라도 좋으니까 집으로 돌아가 할머니 품에 안기고 싶어…….'

죽고 싶다는 생각과 살고 싶다는 생각이 머릿속에서 교차하고 있었다.

'아, 제발 두 시간 전으로만 돌아갈 수 있다면.'

구사일생

한참을 그대로 있는데, 이번엔 한 쌍의 커플이 가까이서 지나는 게 보였다. 이게 마지막이라는 생각에 남아 있는 온 힘을 다해 또 한 번 소리쳤다.

"살려…… 주…… 세요……."

마음먹은 만큼 목소리가 크게 나오지도 않았다.

'역시 이젠 틀렸어. 그냥 이렇게 혼자서 고통에 몸부림치면서 저세상으로 가는 거야…….'

막 포기하려 하는데 그 두 사람은 날 발견했는지 내게로 달려왔다.

"도대체 이게 웬일이야. 죽으면 안 돼. 살아야 한다고. 지금 바로 구급차를 부를 테니까 제발 정신 차려……."

그러고는 남자가 공중전화가 있는 곳으로 곧장 달려가 구급차를 불러주었다. 그러는 동안 여자는,

"구급차가 금방 올 거야, 힘내, 죽으면 안 돼! 꼭 살아야 해!"

내 의식이 희미해지지 않도록 계속해서 말을 걸어주었다.

나는 그 사람들이 달려와주어서 한편으로는 마음이 놓이기도 했지만 동시에 또 다시 분노가 치밀어오르기 시작했다.

"제가 죽으면, 꼭 전해주세요. 한을 품고 저주하며 죽어갔다

고…….”

입술을 벌벌 떨어가며 그렇게 말했다. 그랬더니 그 여자는,

“그런 말을 하면 못써. 살아야지 무슨 말이야. 뭔 일이 있어도 살아야 해. 꼭 살아날 수 있을 테니까 절대로 포기해서는 안 돼!”

자기가 입고 있던 코트를 벗어 싸늘하게 식어버린 내 몸에 덮어 주었다.

‘이 사람이 우리 반에 있었더라면 얼마나 좋았을까.’

나는 이런 생각을 하고 있었다.

구급차가 도착하고, 나는 니시노미야 구급병원으로 바로 실려 갔다. 병원에 도착해 딱딱한 보조침대에 실려 응급실로 갈 때까지는 의식이 있었다.

아까 그 여자가,

“죽으면 안 돼. 꼭 살아나야 해.”

하며 다정하게 말해준 덕분에 마음이 편해지기도 하고, 내가 저지른 일에 대한 후회스런 생각이 들어 그 와중에도 울먹이며,

“폐를 끼쳐서 죄송해요.”

날 살리려고 내 주위에서 정신없이 움직이고 있는 사람들에게 잘못을 빌었다.

그때, 울어서 퉁퉁 부은 눈을 한 엄마의 얼굴이 보였다. 경찰의 연락을 받고 한달음에 달려온 모양이었다.

긴급 수술을 받았다. 1천2백 밀리리터의 수혈을 받아야 할 정도로 출혈이 심했다. 칼로 찌른 상처는 깊이가 10센티미터나 됐고, 그중 두 군데는 칼날이 간장까지 닿았지만, 구급차를 불러준 사람과 유능한 의사선생님 덕분에, 목숨은 건질 수 있었다. 사흘간 집중치료실에서 치료를 받은 후, 일반 병동으로 옮겨졌다.

내 배에는 다섯 군데나 되는 칼에 찔린 상처와 명치 끝에서 배꼽까지 15센티미터에 달하는 수술자국이 남아버렸다.

그리고 폐에 고인 혈류를 제거하기 위해, 겨드랑이에서 12센티미터 아래에 구멍을 뚫어 거기서 폐까지 호스를 연결하게 되었다. 칼을 댈 자리에 주사기로 국부 마취를 했다. 간호사 네 명이 침대에 누워 있는 내 사지를 거침없이 누르고 있었다.

'왜, 왜 이렇게 세게 누르는 거지? 아니, 참을 수 없을 만큼 아프다는 얘기야? 아프지 말라고 마취한 게 아닌가? 왜 이렇게 눌러대지……?'

나는 공포에 떨었다. 선생님께서는 내게 다정하게 말씀해주셨다.

"좀 아프겠지만 걱정하지 않아도 돼. 자, 메스 들어간다."

메스를 넣었을 때는 전혀 아프지 않았다. 부분 마취의 효과였다.

'다행이야. 전혀 아프지 않은걸…….'

웬걸! 그 직후였다.

"아악, 그만, 그만 해, 엄마, 나 죽겠어, 그만두라고 해."

나는 병원이 떠나갈 정도로 소리를 질렀다. 그 순간 간호사들이 온 힘을 다해 버둥거리려는 내 팔다리를 눌렀다. 메스를 넣을 때는 별로 아프지 않았지만 그 자리를 통해 직경 1센티미터나 되는 호스를 폐 안에까지 삽입할 때는 격심한 통증이 왔다. 그래서 네 명이나 달려들어 움직이지 못하게 나를 누르고 있었던 것이었다.

'그것들을 용서할 수 없어서 복수해줄 생각으로 죽으려 했는데, 그 결과를 전부 내가 뒤집어쓰게 될 줄은 몰랐어. 이렇게 내가 죽을 고통을 겪어야 한다면 이건 전혀 복수가 아니잖아. 정말 한심해 난……'

복수할 생각으로 자살이라는 방법을 선택했지만 그로 인한 재앙이란 재앙은 모두 내게로 쏟아져내렸다는 걸 실감했다.

병실에는 매일 엄마가 와주셨다. 자살미수 사건을 일으킨 것에 대해 엄마는 아무 말도 하지 않았다. 주치의 선생님도 간호사들도 아무것도 모르는 양 묻지 않았다. 항상 웃는 얼굴로 대해줄 뿐이었다. 모두가 친절하게 마음을 써주는 걸 온몸으로 느낄 수 있었다. 나는 엄마에게 물었다.

"엄마."

"응?"

"학교는 지금 어떻게 됐어?"

"어떻게 됐냐니? 뭐가?"

"모두들 내가 이렇게 한 거 알고 있어?"

"……."

"신문에도 나왔겠지?"

"쓸데없는 신경 쓰지 말고 빨리 낫기나 해……."

엄마는 내가 동요하지 않도록 신문 등이 내 눈에 띄지 않게끔 했다. 자살하려 했던 원인에 대해서도 일절 묻지 않았다. 태연한 척하고 있었지만 불안한 마음만은 감출 수 없었던 모양이다.

엄마가 침대 옆에서 과도로 과일을 깎고 있었다.

'잘 깎는다, 사과 하나를 다 깎도록 껍질이 끊어지지도 않네…….'

익숙한 손놀림으로 잘 깎고 계셨기 때문에 그걸 그냥 유심히 바라보고 있었다.

내가 유심히 바라보고 있다는 걸 알아챈 엄마는 깎는 것을 멈추고 사과즙이 묻어 있는 과도를 닦지도 않고 허둥지둥 가방에 넣어버렸다. 그러고는 슬픈 얼굴로 나를 바라보았다.

'엄마 이젠…… 자살 같은 거 할 생각은 없어. 그러니까…… 그런 눈으로 날 바라보지 마…….'

자업자득이라지만 견딜 수 없이 괴로웠다.

그 일이 있은 지 열흘이 지났다. 아직 실밥도 뽑지 못했지만, 나는 의사선생님의 지시대로 병실 앞 복도에서 걷는 연습을 시작했다. 손잡이를 잡고 천천히, 아주 천천히 걷고 있는데 다른 병실에 입원해 있는 여자가 내게로 다가왔다. 나이는 삼십대 정도로 술집 같은 데서 일하는 사람처럼 보였고, 목과 팔에 깁스를 하고 있었다.

"난 차 조수석에 멍하게 앉아 있다가 뒤에서 들이받는 바람에 이 신세가 됐는데."

그 여자는 느닷없이 자기가 깁스를 하고 있는 이유를 설명하기 시작했다.

"그러세요?"

나는 그 외에는 할 말이 없어 그냥 있었더니,

"너, 열흘 정도 전에 이거 했던 애 맞지?"

이렇게 물으며, 오른손으로 칼 쥐는 시늉을 하더니 자기 배를 향해 내리치는 것이었다. 어쩌면 그 나이에 다른 사람 마음에 상처가 될 말을 농담 삼아 할 수 있단 말인가.

'역시 신문에 났었구나. 다들 내가 저지른 일을 알고 있구나…….'

나는 너무도 창피했다. 쥐구멍이라도 찾는 심정으로 허겁지겁 내 병실로 돌아왔다. 그날 이후 퇴원할 때까지 내가 병실을 나가는 일은 없었다.

악몽

입원하고 있는 동안 담임선생님께서는 몇 번이나 문병을 와주셨다. 담임선생님께서는 언제나 웃는 얼굴이셨다. 웃으면 볼 한 귀퉁이가 쏙 들어가는데 그게 보조개인지 여드름 자국인지는 알 수 없었다.

'이 사람은 도대체 여기에 뭐 하러 오는 걸까. 뭐 그리 기분 좋은 일이 있다고 웃고 있는 걸까…….'

나를 위로해줄 생각이었는지는 모르지만, 내가 이렇게 된 이유를 알려고 하기는커녕 그저 웃는 얼굴로 일관해버리는 그 무관심한 태도에 더욱 상처를 받았다.

약 한 달 반 후, 퇴원을 했다. 내가 병원에 누워 있는 동안 앞으로의 내 학교생활에 대해 학교 측과 부모님이 의논을 했다.

난 다시 그 학교에 돌아가는 것만은 절대로 싫었다. 그런데 이런 내 생각과는 달리 원래대로 학교에 돌아가는 것은 물론, 그것도 같은 선생님이 또 담임을 맡게 되었다는 것이다. 나는 그 이야기를 일요일 저녁식사 자리에서 듣게 되었다.

"학교 측하고 너에 대해 얘기했는데, 원래대로 다시 다니는 걸로 정했다."

"뭐라고?"

"그리고 담임도 같은 선생님께서 맡으실 거야."

"뭐? 그게 무슨 말이야?"

"지금 내가 말한 대로야."

"그 학교에 다시 돌아가는 건 절대로 싫어!"

부모님으로부터 같은 학교로 돌아가라는 소리를 듣고 나는 소리쳤다. 그랬더니 아빠는,

"아직 중학교 2학년이잖아, 학교에 안 다닐 수는 없는 노릇 아니니?"

"다른 학교도 얼마든지 많이 있잖아."

"학교에서 전학은 갈 수 없다고 했어."

"그 학교에 다시 갔다간 이번엔 무슨 일이 또 벌어질지 모른다고."

"담임선생님도 신경 많이 쓰겠다고 말씀하셨어."

"대체 뭘 어떻게 신경을 써준다는 건데?"

"그런 말 해봤자 어디를 가나 똑같잖아."

"싫어."

이런 얘기가 끝없이 반복될 뿐이었다.

아마 어디로 전학을 가든 소문은 금세 퍼질 테고, 또 괴롭힘을 당하게 될지도 모른다. 그렇다면 애초에 자초지종을 다 알고 있는 원래의 학교로 돌아가는 게 좋겠다는 생각을 했을 것이다.

그렇지만 나는 가겠다는 말을 하지 않았다.

그랬더니 엄마가 결심한 듯 말했다.

"길에서 걸어가고 있으면 사람들이 수군거려."

—저것 봐, 저 사람이야. 저 여자 딸이라니까. 요전번에 강 둔치에서 할복자살하려던 애. 틀림없이 부모가 잘못 키운 탓이야. 애를 제대로 가르쳤어야지.

"엄마는 길에 나다니지도 못하겠어. 게다가 학교까지 안 간다면…… 부탁이니까 학교에만은 가. 정말 창피해 죽겠으니까."

동네 사람들 중에는 진심으로 걱정해주는 사람도 있었지만, 개중에는 무슨 재미있는 사건이나 파헤치는 양 흥미 본위로 아무 말이나 막 하는 사람도 있었다. 엄마도 속이 많이 상했겠지만, 나는 엄마가 한 말에 큰 충격을 받고 말았다.

'내가 이렇게까지 힘들어하고 있는데…… 엄마는 나보다 세상 사람들의 눈이 더 중요하다는 거야……?'

이렇게 엄마에게 말하고 싶었다.

그러나 나는 목구멍까지 올라온 이 말을 억지로 삼키며,

"엄마가 그렇게까지 말한다면, 3학년 1학기부터는 학교에 갈게."

웃는 얼굴로 대답했다.

나 스스로 엄청난 일을 저지르고 말았다는 걸 뼈저리게 느꼈고, 더 이상 엄마에게 미움 받고 싶지 않았기 때문이었다.

3장
내리막길

지옥

1980년 4월, 3학년이 된 나는 사건이 일어난 지 3개월 만에 학교에 갔다. 나를 본 아이들은 모두 깜짝 놀라며 무슨 흉측한 괴물이라도 보듯이 멈춰 서서는 나를 위아래로 훑어봤다. 뭍 아이들의 이런 따가운 시선을 받으며 나는 숨도 크게 쉬지 못하고 금방 주눅이 들어버렸다. 난생처음으로 '백안시하다'라는 말을 이때 몸소 체험하게 된 것이다.

"이제 와서 여긴 뭐 하러 왔어?"

"누가 아니래?"

"제정신이라면 여길 어떻게 와?"

"물론 재가 정상은 아니지."

"재수 없이 재랑 같은 반이라도 되면 어떻게 하지?"

"나라면 자살해버리지. 자살, 아하하."

일부러 내가 들으라고 자살이라는 단어를 큰 소리로 말하는 아이들도 있었다. 나는 그대로 집에 돌아가버릴까 생각했다.

하지만 조금만 참고 우리 반 교실로 들어가기만 하면 담임선생님도 계실 테고 모두가 이런 식으로 나를 대하지는 않을 거야, 적어도 같은 반 아이들은 따스하게 맞이해줄거야, 이런 생각을 하며 용기를 내서 교실로 들어갔다. 그러나 그건 나의 커다란 망상이었다.

첫째 시간이었다.

반을 배정받았을 때는 그냥 가나다순으로 앉아 있었지만, 이제부터는 각각의 조와 좌석을 정하기 위해 제비뽑기를 하게 되었다.

상자에서 한 장의 제비를 뽑으니, 4-3이라는 번호가 쓰여 있었다. 4조의 세번째 자리라는 뜻이다. 한참 후 나와 같은 조가 되는 4조의 제비를 뽑은 아이가,

“아이고 재수 없어. 이제 난 정말 어떡해.”

무슨 큰일이라도 벌어진 듯 비명을 질렀다. 그러니까 옆에 있던 아이까지 덩달아 방정을 떨며 물었다.

“왜 그러는데?”

“난 몰라.”

“몇 조인데 그래?”

“재랑 같은 4조란 말이야.”

“우웩!”

“너 정말 초반부터 재수가 없구나. 최악이야. 안됐네.”

“정말 재수 없어, 미치겠네.”

“난 못 살아. 누구 나랑 좀 바꿔줄래?”

“야, 그걸 누가 바꿔주겠냐? 다 니 탓이려니 해.”

이 말을 들은 다른 아이들도 히죽히죽 웃으며 나를 힐끔힐끔 쳐다보았다.

‘이렇게 생난리를 칠 정도로 나랑 같은 조가 되는 게 그렇게 싫

다니…….'

심장이 후끈 달아오르는 느낌이 들었다.

조가 정해지고 각자가 자리에 앉자 자기소개가 시작되었다.

"제 취미는 음악 감상입니다. 장래 희망은 가수입니다. 잘 부탁드려요."

아이들은 판에 박힌 자기소개를 마치고 나서는 형식적인 박수를 받고 있었다.

'다음은 내 차례야. 취미는 그러니까, 독서, 맞아 독서야. 장래 희망은 아직 정하지 못했지만, 유치원 선생님이라고 해둘까. 그러고 나서 잘 부탁한다는 말도 빼먹으면 안 되겠지…….'

어떻게 하면 좋은 인상을 줄 수 있을지 필사적으로 생각했다. 드디어 내 순서가 되어, 자리에서 일어섰다.

"취미는……."

하고 말을 꺼내자마자, 뒷자리 어디에선가,

"쟤 취미는 배를 칼로 푹푹 쑤시는 거래요."

남자아이가 이런 웃지도 못할 야유를 날렸다. 주위에 있던 아이들도 꽤 재미있다는 듯 키득키득 웃기 시작했다.

나는 눈물이 핑 돌고 숨이 막히며 얼굴이 굳어져가는 걸 느꼈다. 그 다음엔 더 이상 한마디 말도 나오지 않았다.

"잘 부……탁."

다 기어들어가는 듯한 목소리로 그렇게 말을 한 다음, 무너지듯 자리에 주저앉아버렸다. 내 귀에는 반 아이들의 형식적인 박수소리 대신, 웃음을 참지 못하고 킥킥거리는 소리만이 들려왔다.

"그런 말 하지 마"라고 말해주는 아이는 하나도 없었다. 담임선생님조차도 "이놈!" 하고 딱 한마디를 했을 뿐 "그럼 다음 차례"라며, 다음 순서를 재촉할 뿐이었다.

'아니? "이놈!"이 전부야? 그래도 선생이라는 인간이 이럴 수가 있는 거야? 취미는 배를 칼로 푹푹 쑤시는 거라며 야유를 하는 애한테 그런 말은 인간으로서 해서는 안 되는 말이라고 왜 그 자리에서 따끔하게 주의를 주지 않는 걸까? 당신이 그래도 선생 자격이 있다고 생각해? 날 이 학교로 다시 돌아오게 한 이유가 뭐야? 그저 학교 체면을 세우려고?'

절망이 파도처럼 밀려왔다.

점심시간, 교실 창밖을 내다보고 있었다.

'역시 내가 예상했던 대로야. 그동안 아무것도 바뀌지 않았어…… 정말 최악이야, 여긴 지옥이라고…….'

눈물이 쏟아질 지경이었다. 그러고 있는데 오전에 뽑힌 여자 반장 아이가 내게 말을 걸어왔다.

"괜찮아?"

영어를 잘하고 청소당번같이 다른 애들이 싫어하는 일도 자기가 솔선해서 하는 '모범생의 표본' 같은 아이. 당연히 선생님에게 전폭적인 신뢰를 받고 있는 아이였다.

'이 반에서도 내게 말을 걸어주는 애가 다 있다니. 아까는 다른 애들이 있었기 때문에 말을 걸지 못했던 건가? 그래도 한 사람이라도 있으니 정말 다행이다.'

"응 괜찮아!"

나는 될 수 있는 한 밝게 대답했다.

"어려운 일 있으면 뭐든지 나한테 말해."

그 애는 다정히 말했다.

"정말, 정말 그래도 되니? 나랑 친구가 돼줄래?"

지푸라기라도 잡는 심정으로 물었다.

그때 우리 둘을 보고 있던 한 아이가, 반장 아이를 자기들 쪽으로 부르더니 뭔가 얘기를 하기 시작했다.

"왜 저런 애랑 얘기를 하고 있니?"

"왜긴, 선생님이 재랑 얘기 좀 해주라고 그러시니까 그러지……."

"나도 그런 말을 선생님한테 듣긴 했지만 그냥 무시하고 있단 말이야."

"그래도 난 반장이니까 할 수 없잖아."

"그치만 재 정신과에 다니고 있다는 건 너도 알지?"

"진짜야? 난 하나도 몰랐어, 어쩐지 좀 이상하더라."

"자살이나 시도하는 저런 애랑은 상대도 하고 싶지 않아."

"정말이지 재, 불쌍하다."

즐거운 듯 이야기를 마친 다음, 반장 아이는 교실 밖으로 나가 버렸다.

'정신과에 다니는 것도 모두가 다 알고 있어. 부모님과 선생님 빼놓고는 모를 일을…… 그렇지만 난 아무 데도 이상하지 않아…… 이상하지 않다고.'

가슴속에 잠재워둔 분노가 발끈하며 고개를 쳐들었다.

굴욕

구급병원을 퇴원한 다음, 엄마는 다른 병원에도 이제부터는 다녀야 한다고 했다. 나는 퇴원을 했으면 됐지 왜 또 다른 병원에 다녀야 하는지 이유를 물었다.

"근데 엄마, 내일 가는 병원은 무슨 병원이야?"

"네가 입원했던 병원에서 가까운 데 있는 병원이야."

"뭐 하러 가는 거야?"

"검사를 좀 받아보라고 하셔서."

"누가?"

"……."

"무슨 검산데?"

"아무 걱정 안 해도 되니까, 넌 고분고분 따라오기나 해."

나는 그 이상 아무것도 묻지 못하고, 다음날 엄마 말대로 고분고분 병원에 따라갔다.

그곳은 대학병원의 정신과였다. 나는 거기서 여러 가지 검사를 받았다. 너무 여러 가지 검사를 받았기 때문에 전부 기억할 수도 없지만, 정신치료요법의 하나인 '모래상자놀이'를 한 것만은 선명하게 기억이 난다. 그러고 나서는 어렸을 적에 무슨 일이 있었느냐고 시시콜콜한 질문을 받았던 것 같다. 질문을 받았던 건 나만이 아니라 부모님과 외할머니도 마찬가지였다.

엄마는 끝까지 숨기고 싶었을 거다. 하지만 내가 겨우 열네 살밖에 안 된 아이라고 해도 말귀를 못 알아듣는 갓난아이가 아닌 이상, 정신이 온전한지를 알아보기 위한 검사를 받으면서 그걸 눈치채지 못할 거라고 생각했을까…….

정신과에 데려간 자체가 나쁘다는 말을 하고 싶은 게 아니다. 갈 필요가 있다면 왜 확실하게 그렇다고 말을 해주지 않는지. 아무리 어리다고 해도 제대로 설명을 해주면 이해하고 스스로 알아서 통원도 할 텐데. 아무런 설명도 없이 끌려갔다는 느낌에 엄마에 대한 불신감이 싹트기 시작했다.

병원에서는 그저 한도 끝도 없이 알 수 없는 검사와 테스트를 받았을 뿐 괴롭힘을 당해 고통스러웠던 일에 대해서 직접적으로는 아무 질문도 하지 않았다. 내게는 이런 어른들의 행태가 더 굴욕적이었다.

'내가 자살미수 사건을 일으킨 건 괴롭힘을 당했기 때문이란 말이야. 난 아무 데도 이상하지 않아. 갑자기 머리가 돌아서 그런 짓을 한 게 아니라고…… 난, 그저 평범한 아이일 뿐이라고!'

어린 시절

1965년 10월 18일, 나는 맞벌이 부부인 부모님의 외동아이로 태어났다. 아빠가 서른여덟 살, 엄마가 서른일곱 살 때였다. 엄마는 출산예정일 이삼일 전까지 출근을 했다고 했다. 태반이 자궁 아랫부분에 붙어서 산도를 막고 있는 전치태반이라 자연분만을 못하고 제왕절개 수술로 태어났다. 수술실 앞에서 목을 길게 빼고 안절부절못하며 기다리던 아빠에게 간호사가,

"축하드려요, 예쁜 공주님이에요."

라고 전하자,

"뭐라고요, 여자애라고요? 틀림없어요?"

확인까지 해가며 대단히 실망한 눈치였다고 한다. 태어날 아이는 남자아이가 틀림없다고 멋대로 생각했던 모양이다. 그러나 그런 실망감도 침대에 잠들어 있는 날 보고는 금방 날아가버렸는지,

"어쩜 이렇게 예쁠 수가 있을까……."

이런 말을 넋 나간 사람처럼 되풀이하며, 퇴원할 때까지 매일 병원에 들러서는 내 얼굴을 한참 동안 들여다보다가 돌아가는 게 일과였다고 한다.

출생 직후 갓난아기에게 흔히 나타나는, 밤에 잠을 안 자고 울거나 하는 일도 없었던 나는 키우기 수월한 아이였던 모양이다. 그

러나 딱 한 가지 걱정은 모유를 전혀 먹지 않는다는 것이었다. 그 때문에 나는 분유를 먹고 자랐다고 한다.

부모님의 연령으로 따지자면 늦둥이나 다름없는 나는 그야말로 눈에 넣어도 아프지 않은 그런 존재로 귀여움을 독차지하고 자랐다. 외할머니도 다른 어떤 손자보다도 나를 귀여워해주셨다. 그 때문인지 나는 엄청난 응석받이로 자랐다.

1970년, 드디어 나는 시내에 있는 에코(惠光) 유치원에 들어갔다. 이 유치원에는 스쿨버스가 없어 모두가 걸어서 다녔다. 회사에 다니는 엄마를 대신해 외할머니가 데려다주시고 데려오셨다. 외동딸로 귀하게만 키워진 나는 유치원에 들어갈 때까지 같은 또래의 아이들과 함께 놀아본 적도 없었다. 그래서 그런지 아침마다 할머니한테서 떨어지지 못하고 교실 입구에서 할머니가 내 손을 놓기만 하면 소리를 내어 엉엉 울어댔다.

"할머니, 가지 마."

담임이었던 마에다(前田) 선생님이 나를 안아 교실에 데려다 앉혀놓으셨지만 울음을 그치지 않았다.

점심시간이 되어 선생님께서 도시락 뚜껑을 열어주시며,

"와아, 밋짱 도시락 근사한데? 정말 맛있겠다. 선생님한테도 좀 나눠줄래?"

그러면 나는 훌쩍거리면서도,

"응, 이거는 우리 아빠가 싸주신 거야."

겨우 기분이 좋아져 한나절 만에 울음을 그쳤다.

아빠는 요리 솜씨가 좋으셨고 또 요리가 유일한 취미여서 우리 집에서는 자주 아빠가 요리를 하셨다. 유치원에 가지고 가는 도시락도 매일 아침 일찍 일어나 손수 싸주셨다.

"오늘은 밋짱이 좋아하는 오므라이스야."

"정말이야?"

"아주 맛있게 됐어."

"와, 신난다."

"꼭꼭 씹어 잘 먹어야 해."

"엄마, 여기 좀 봐. 체리도 들어 있어."

"와, 엄마도 먹고 싶은데? 밋짱은 정말 좋겠다."

아빠가 싸주신 도시락은 정말로 맛이 있었다.

초등학교 1학년이 되었는데도 같은 반 친구들과 어울려 놀지 못하고 혼자 있는 일이 많았다. 같은 반 남자아이들의 짓궂은 장난에 울기도 많이 울었다. 점심시간에 혼자 정글짐에서 놀고 있으면, 담임인 야마이에(山家) 선생님께서는 나를 항상 챙겨주시며 이렇게 말씀하셨다.

"아이고, 방금까지 울던 까마귀가 벌써 웃고 있네. 이젠 괜찮지?"

어깨까지 기른 머리를 하나로 단정히 묶고, 노래를 잘 부르시는 언니 같은 분. 언제나 웃는 얼굴로 대해주시던 다정한 선생님이셨다.

'학교에 다니는 내내 야마이에 선생님께서 나의 담임이셨더라면 내 인생도 달라져 있을지 몰라…….'

문득문득 이런 생각이 들었다.

2학년이 되어서야 겨우 한동네 사는 또래 아이들과 어울려 놀 수 있게 되었다. 인형 놀이를 제일 좋아했다. 리카짱 인형에다 리카짱 집에다…….

학교에서는 미술시간이 제일 좋았다.

"얘는 손재주가 있어."

이런 칭찬을 받는 게 신이 나서 여러 가지 물건을 만들었다. 내가 그린 그림이 미술대회에서 입상을 했을 때 아빠는 정말로 기뻐하셨다.

"역시 내 딸이라니까. 대단하다, 대단해."

3학년이 되어 피아노를 배우기 시작했다. 반 대항 합창대회 같은 게 열릴 때는 으레 내가 피아노를 쳤다. 학부형들을 모시고 발표회를 하는 날이면 아빠는 어김없이 회사를 쉬고 보러 오셨다. 그러고 나서 피아노를 치고 있는 내 곁에 와서는 사진을 찍어주셨다. 동네 사람들에게는 이미 아빠의 딸자식 사랑에 대해서 소문이 다 나 있어서, 옆집 아주머니는,

"밋짱 아빠 또 오셨네, 또 오셨어."

엄마도 아닌 아빠가 너무 노골적으로 딸내미를 자랑하고 다닌다며 어이없다는 얼굴을 했다. 하지만 아빠는 그런 건 전혀 신경도 안 쓰고,

"저기 저 피아노 치고 있는 애, 우리 딸이에요. 어때요, 잘 치지요?"

주위에 있던 어머니들한테 있는 대로 딸 자랑을 늘어놓고는 만족스런 얼굴로 돌아갔다.

이처럼 미술과 음악은 잘했지만 다른 과목은 성적이 별로 좋지 않았다. '잘함' '보통' '노력해야 함' 중에 대부분의 과목은 '보통'을 받았고 수학과 과학은 항상 '노력해야 함'이었다. 고백하지만, '잘함'은 하나도 없었다.

그리고 '끈기'라는 항목에는 항상 '없음'에 동그라미가 그려져 있었다. 결국 한마디로 정리하자면, 좋아하는 미술이나 음악은 열심히 하지만, 싫어하는 과목은 전혀 하지 않고 의욕도 끈기도 없다는 뜻인 것 같았다.

고학년이 되었어도 성적은 그다지 좋지 않았지만, 난 학업성적 같은 것에는 아예 신경도 쓰지 않았고 부모님도 성적에 대해서는 별다른 잔소리를 하지 않았다. 학원에 다니거나 과외도 하지 않았지만 친구도 많았고 정말로 즐거운 시간들을 보냈다. 마냥 행복했다.

난 그저 어디에나 있을 법한 보통 아이였다. 지옥 같은 이 학교로 전학을 오기 전까지는…….

비행

—제대로 죽지도 못한 년.

반 아이의 입에서 나온 이 말을 들었을 때, 여기에는 내가 발붙일 자리가 없다는 생각이 들었다.

'상처받아 주눅이 들어 있는 사람한테 위로는 못 해줄 망정 서슴없이 아픈 데를 후벼 파는 말을 하다니. 도대체 이런 것들한테도 마음이란 게 있을까. 이런 짐승만도 못한 것들까지도 나랑 똑같이 인간 취급을 받는다면, 차라리 난 지금 당장 인간이기를 관두겠어.'

이렇게 결심한 나는 지금까지의 정상적인 생활에서 돌변해 밤거리를 쏘다니게 되었다.

역 앞에 있는 게임센터에서는 당시 유행하고 있던 〈콜 미〉나 〈히미코〉 같은 노래들을 뱃속이 쿵쿵 울릴 만큼 큰 소리로 틀어놓고 있었다. 게임센터 한구석에는 가출 소녀와 뚜렷한 직업이 없는 소년들이 모여 앉아 있었다. 나는 게임센터 입구에 있던 인베이더 게임(Space Invaders Game, 1978년 다이토 주식회사가 발매, 폭발적인 인기를 얻었다)을 하려고 동전 지갑 안에서 백 엔짜리 동전을 꺼냈다.

그때 가게 한구석에서 날 보고 있던 여자아이가 내게로 다가왔다.

'선탠을 한 피부가 왠지 불결해 보이네.'

그 애를 본 순간 이런 생각이 들었다.

마치 파인애플 꼭지처럼 커트를 한 머리는 탈색을 한 데다, 긴 손톱에 바른 와인색 매니큐어는 거의 다 벗겨져 지저분해 보였다.

"야! 넌 처음 보는 얼굴인데?"

"……."

"야, 돈 좀 빌려주라."

나보다 나이가 많은 척하고 있지만 어딘지 모르게 어린 티가 나 보였다. 하지만 실제로 나보다 나이가 많은지 적은지는 가늠할 수가 없었다.

'나보다 나이가 어린데 고분고분하게 대하면 날 우습게 보겠지. 그치만 만약에 나보다 나이가 많으면 어떻게 하지…….'

그래도 만만하게 보이는 것보다는 낫다는 생각이 들어,

"돈 같은 건 없어."

이렇게 말을 했는데도 그 애는 포기하지 않았다.

"무슨 소리야?"

"……."

"뭐가 없다는 거야?"

"너 지금 지갑에서 돈 꺼냈잖아? 내가 이 두 눈으로 똑똑히 보고 있었는데, 거짓말할 거야?"

"너한테 빌려줄 돈은 한 푼도 없다는 거야."

"뭐라고?"

한순간에 팽팽한 긴장감이 흐르기 시작했다. 그러나 그 애는 무슨 생각을 했는지 별안간 목소리 톤을 바꾸었다.

"너 몇 살이니?"

"열넷."

"어느 학굔데?"

"제5중학교."

"아, 그래? 난 그 옆에 있는 제6중이야."

그 학교는 내가 다니고 있는 학교 바로 옆에 있는 중학교였다. 그 애는 갑자기 다정하게 얘기를 시작했다.

"나도 열네 살이야."

"으응."

"아카네라고 해. 넌?"

"미쓰요."

"야 ,너 지금 시간 있어?"

"응."

"여기서 가까운 데 있는 아파트에 내 선배가 살고 있어. 지금 가볼래? 먹을 것도 많이 있고 아무 걱정 안 해도 돼."

난 이때 이 아이에게 별다른 흥미가 있었던 것도 아니었고, 처음엔 돈을 꿔달라더니 갑자기 태도가 돌변했기 때문에 정말 '이상한 애'라고 생각했다. 그뿐만 아니라, 이런 애들이랑 어울리는 건

위험할지도 모른다는 생각마저 들었다. 그러나,

—제대로 죽지도 못한 년.

이라는 말이 머릿속에서 떠나지 않았다.

'나 같은 건 이제 어떻게 돼도 상관없어.'

나는 아카네의 뒤를 따라 나섰다.

2층짜리 임대주택 건물의 1층 끝에 있는 집. 현관을 들어서면 바로 다다미 4조 반 크기의 부엌이 있고 이 부엌을 지나 안쪽으로 들어가면 6조짜리 방 하나와 화장실과 목욕탕이 딸려 있었다. 그 집엔 나보다 두 살 위인 열여섯 살의 마키코라는 여자아이가 살고 있었다. 아카네의 선배로 중학교 졸업 후 찻집 같은 데서 아르바이트를 하며 지내고 있는 모양이었다. 어깨까지 늘어뜨린 생머리가 잘 어울렸다.

'왠지 사나워 보이는데…….'

긴 눈꼬리가 치켜 올라간 것을 보고 이런 생각이 들었다.

아카네는 들어서면서 마키코에게 말했다.

"선배, 얘 나랑 같은 나이인데 미쓰요라고 해. 다음부턴 얘도 데려와서 놀아도 되지?"

마키코는 대답을 하지 않았다. 그런데도 아카네는 마키코에게 계속해서 뭔가를 지껄이고 있었다. 나는 말없이 둘의 얘기를 듣고 있었다.

한참 있으려니까 여자아이 둘이 찾아왔다. 그러더니 들어오지도 않고 현관에 선 채로 수다를 떨기 시작했다.

"선배, 어젠 정말 재수 없었어. 아시야(芦屋)에서 검문을 돌파하려고 잔뜩 벼르고 있었는데 엔진은 갑자기 말을 잘 안 듣지, 하마터면 경찰한테 잡힐 뻔했지 뭐야. 정말 짜증난다니까……."

"언니, 그게 아니라, 얘 아키오를 도모코한테 뺏겨서 안절부절못하고 있는 거야. 웃기지? 아하하."

"도모코란 년 아키오랑 같이 자다니. 아키오도 아키오지, 그런 골이 텅 빈 년 어디가 좋다고."

"나라면 너보다는 도모코를 선택하지, 아하하."

"쳇! 내가 어때서?"

'여기는 폭주족의 아지트구나…… 같이 잤다고? 정말 황당한 얘기네…….'

이런 생각을 하면서도 둘의 대화를 듣고 있자니 웃음이 나왔다. 그때 그 둘은 방 한구석에 앉아 있던 나를 겨우 발견했다.

"쟨 누구야?"

한 명이 현관에 쳐져 있던 커튼을 젖히며 물었다.

내게 물어본 것이지만, 마키코가 얼른,

"아카네 친구, 미쓰요야. 너희들 사이좋게 지내."

'뭐야 알고 보면 좋은 언니잖아?'

긴장이 풀린 나는 고개를 내밀어 둘에게 웃는 얼굴로 인사했다.

"안녕?"

둘은 방으로 들어오더니,

"난 요코, 앤 유카리, 잘 부탁해."

"나도 잘 부탁해."

이렇게 부드럽게 인사를 나눴다.

아키오라는 애한테 차인 아이가 요코이고, 다른 한 명이 유카리였다. 요코는 열세 살로 나보다 한 살이 어렸는데, 파마한 머리를 어깨까지 기르고 있었다. 요코는 자기 머리는 소바주파마(1970년대부터 1990년대 초반까지 유행하던 머리스타일로 긴 머리를 가는 헤어 롤로 말아 마치 땋았던 머리를 풀어놓은 듯한 느낌을 주는 파마)를 한 거라고 했지만, 아무리 봐도 뻥튀기 기계로 튀긴 듯 머리 전체를 부풀린 아프로(Afro-hair: 아프리카계 머리형이라는 의미를 가진 머리스타일로 흑인들의 머리카락처럼 파마한 다음 머리 전체를 둥글게 부풀린 모양)라는 느낌이 들었다. 유카리는 나와 동갑이고 짧게 커트한 머리를 올백으로 빗어 넘긴 스타일에다, 몸에서는 남자들이 바르는 택틱스(TACTICS: 화장품 메이커 시세이도의 남성 화장품) 냄새가 났다.

'둘 다 나보다 두세 살은 많아 보이네.'

이런 느낌이 들긴 했지만 얘기를 하다 보니 금세 친해졌다.

요코는 중학교 1학년부터 학교에 가지 않고 가출을 반복했는데, 부모님도 이제는 아예 포기했는지 아무 말도 안 한다고 했다.

"맘 편하게 잘됐지 뭐."

이렇게 말하는 요코는 어딘지 쓸쓸해 보였다.

유카리는 부모님에게는 불만을 품고 있었지만 학교에는 별다른 불만이 없었던 모양이다. 친구도 있고 제법 즐겁게 학교에 다니고 있는 듯했다.

아카네는 자기에 대해서는 아무것도 말하고 싶지 않은 듯했다. 다만 이번에 잘못하면 학원(당시의 교호원: 1997년 6월 아동복지법이 개정되어 1998년 4월부터 아동자립시설로 명칭을 바꾸었다)으로 보내질지도 모른다는 얘기를 했다.

요코를 따라 다른 그룹의 아지트에도 드나들게 되었다. 이렇게 드나들 장소가 몇 군데나 생겼다.

그날도 요코랑 유카리랑 같이 셋이서 요코의 선배로 토목 건설 현장에서 인부로 일하고 있는 고지의 아파트에 갔다. 세운 지 족히 오십 년은 됐을 법한 2층짜리 목조 건물로 복도를 가운데 두고 양옆으로 방이 세 개씩 늘어서 있었다.

1층 오른쪽 제일 끝 현관문을 노크했더니 찰칵 하며 열쇠를 여는 소리와 함께 나무로 된 문이 삐걱거리며 열렸다. 고지는 자고 있었는지 파자마 차림이었다. 현관에는 발을 디딜 틈도 없을 정도로 가득한 신발이 아무렇게나 내팽개쳐져 있었다. 그 안에 6조짜리 방 한 개와 시늉만으로 달아놓은 듯한 싱크대가 딸려 있었다.

"고지 선배, 들어가도 돼?"

"응. 근데 애는?"

"아, 애는 미쓰요라는 애야. 나보다 한 살 많아."

"으응, 그래?"

"잘 부탁드립니다."

난 그 자리에서 인사를 했다. 고지는 졸린 눈을 비벼가며, 손짓을 했다.

"어서 들어와."

그 방에는 까만 블라우스에 호피 무늬 타이트스커트를 입은 열여덟 살 정도의 여자가 앉아 있었다.

'이 여자는 고지의 애인인가? 둘이 있는데 우리가 들어가도 되는 거야?'

이런 생각을 하고 있는데 그 여자는 간다며 우리들을 힐끔 노려보고는 나가버렸다.

고지는 나가는 여자를 말리지도 않고, 나를 보며 퉁명스럽게 물었다.

"너 담배 가진 거 있니?"

"뭐요?"

"다 · 음 · 배."

"아니, 없는데요."

"미안하지만, 사다주지 않을래? 마일드세븐으로."

"네, 그럴게요."

여기에 있는 게 왠지 불편해 나가고 싶었는데 잘됐다 싶어 이렇게 대답했다. 고지는 바지 주머니에서 꼬질꼬질하게 구겨진 천 엔짜리 지폐를 꺼내 내게 건네주었다. 나는 그 집에서 나와 가까운 곳에 있는 자동판매기에서 담배를 샀다. 집에 돌아와보니 유카리와 고지가 다정하게 이야기를 나누고 있었다.

"여기 사왔어요."

사가지고 온 마일드세븐과 거스름돈을 방 한가운데 놓여 있던 테이블 위에 얹어놓았다.

"고마워"라고 말한 뒤 고지는 마일드세븐을 뜯어 담배 한 개비를 꺼내고 불을 붙여 맛있다는 듯 빨아들였다.

'담배라는 게 그렇게 맛있나? 나한테는 그저 냄새가 지독할 뿐인데.'

골똘히 바라보고 있는 내 모습에 신경이 쓰였는지 고지는,

"앗, 미안. 일부러 심부름까지 해줬는데, 너도 피워."

나에게 담뱃갑을 던져주었다.

'담배를 피워본 적이 없단 말은 자존심이 상해 못 하겠는걸. 그래, 그냥 한번 피워나 볼까?'

어설픈 손놀림으로 담배를 꺼내 입에 물고 빨아들이며 라이터로 불을 붙였다.

'와아, 불이 붙었다. 그냥 피울 수 있잖아. 이거 별것도 아니네, 아주 식은 죽 먹기잖아!'

담배 연기를 폐 속까지 깊숙이 집어넣는 걸 몰랐던 나는 이렇게 생각했지만, 유카리에게 들통이 나고 말았다.

"너 지금 '뻐끔담배' 피웠지?"

"뭐라고?"

"폐까지 담배 연기를 집어넣지 않는 걸 '뻐끔담배'라고 하잖아."

"앗, 그런가? 사실은 나 담배 피우는 거 처음이야."

"그럼 그렇지, 어쩐지 폼이 좀 어설프더라. 하지만 괜찮아. 나도 처음엔 피우는 꼴이 좀 우스웠어."

그 말을 듣고 좀 마음이 편해졌다. 그리고 담배를 제대로 피워 보려고 연습을 해보았다. 처음엔 숨이 막히면서 기침도 나고 현기증도 났지만, 얼마 지나지 않아 제법 피워본 사람처럼 담배를 꼬나 문 폼이 제대로 나왔다.

'이제 나도 애들과 완전한 친구가 된 거야…….'

내가 갑자기 강해졌다는 느낌이 들었다.

아지트에서 요코 같은 애들과 함께 노는 게 재밌어서 집에도 거의 들어가지 않게 되었다.

엇갈림

걱정이 된 엄마는 나를 찾아달라고 경찰서에 신고를 했다. 며칠 후 나는 길에서 경찰관에게 발견되었다. 그리고 취조 비슷한 걸 받고, 그날은 유치장 신세를 지게 되었다. 저녁때가 되어 여자들을 수용하는 방으로 보내졌다.

"잘 부탁해요."

작은 목소리로 인사를 하고 안으로 들어가 입구 근처에 자리를 잡았다.

담당 경찰관의 모습이 사라지자, 그중 한 아이가 자기 곁으로 오라는 손짓을 했다. 한쪽 무릎을 세우고 앉아 있던 그 애는 탈색을 했는지 뿌리부터 까만 머리카락이 새로 올라온 게 지저분해 보였고 손톱에 칠한 매니큐어는 거의 벗겨진 상태였다.

난 그 애 곁으로 다가가 똑같이 한쪽 무릎을 세우고 앉았다.

"너 뭔 짓 했냐?"

"가출."

"가출이라고? 그럼 금방 나가겠네."

"넌 여기 왜 왔니?"

"무면허. 정말 그날은 재수가 없었어. 조금만 빨랐으면 아무 일 없이 도망칠 수도 있었는데."

"와, 굉장한데. 뭘 운전했었는데?"

"차피(30여년 전에 유행했던 야마하 사의 오토바이 이름)였어."

"면허 없이도 오토바이를 살 수 있어?"

"내꺼 아니거든."

"그럼 누구 건데?"

"하하, 사실은 훔친 거야. 드라이버 하나만 있으면 그런 건 간단히 할 수 있어."

그 애는 신이 나서 오토바이나 자동차를 훔치는 방법을 설명해 주고는,

"난 아마 소년분류심사원에 들어가게 될 거고, 잘 하면 보호관찰로 풀려날 수도 있을 거야. 나오면 같이 놀자."

"좋아. 근데 어디서 만나지?"

"그렇지. 너 어느 아지트에 드나드니?"

"마키코 언니네 집이나, 고지 선배 집."

"고지라면, 사쿠라초에 있는?"

"그래 맞아. 그런데 너도 알아?"

"내 친구 중에 요코라는 애가 있는데……."

"요코라면 나도 알아."

"그래? 정말이야?"

"응. 그렇다니까."

"난 유키에야."

"난 미쓰요."

이때 처음으로 서로의 이름을 말했다. 이런 데서는 자기 이름을 알려주기보다는 어떤 짓을 저질렀는지를 말하는 게 인사인가 보다.

'아하! 이렇게 해서 친구가 생기는 거구나. 친구가 되어준다면 얘가 어떤 애라도 상관없어. 난 정말 친구가 필요해…….'

이런 생각에 빠져 있던 나는 유키에랑 다시 만날 것을 약속했다.

그러나 그 후 유키에와 두 번 다시 만나는 일은 없었다. 취조 과정에서 절도를 한 사실이 들통이 나 유키에는 결국 여자소년원으로 보내졌다는 소문을 나중에 들었다.

다음날, 엄마가 경찰서로 데리러 왔다.

집으로 돌려보내기 전, 형사 아저씨는 내게 한바탕 훈계를 했다.

"이제 두 번 다시 가출 같은 거 하면 안 돼. 알았지?"

"네……."

나는 건성으로 대답을 했다.

그러고 나서 집으로 돌아오자마자 엄마에게 마구 소리를 지르며 따졌다.

"니가 쓸데없는 짓을 하니까 유치장에까지 들어갔잖아."

"애가 무슨 말을 하는 거야?"

"쓸데없는 짓 하지 말라고, 알았어?"

"여자애가 집에는 제대로 들어와야지 며칠씩 어딜 그렇게 쏘다녀?"

"듣기 싫어."

"학교에도 가야 할 거 아니야?"

"무슨 얼어 죽을 학교야?"

"아직 중학교 3학년인데 무슨 일이 있어도 학교는 다녀야지."

"학교가 어쨌다고, 아무것도 모르는 주제에."

"엄마가 뭘 모른다는 거야?"

"내가 이렇게 된 건 전부 니 책임이야."

나는 엄마에게 침을 뱉었다. 그러고는,

"이런 더러운 할망구 같으니, 지겹다고, 지겨워."

엄마의 머리채를 움켜잡고 그 자리에 내동댕이쳤다. 그러고는 발로 마구 찼다.

"그만…… 그만해……."

울면서 애원하는 엄마에게 나는 한층 더 심한 폭력을 휘둘렀다.

엄마는 이런 내 심정을 이해하려고 하기는커녕 그저 울고만 있었고 여전히 나보다는 세상 이목에만 급급해하고 있었다. 나는 그런 엄마를 용서할 수가 없었다.

이런 생활을 하면서도 가끔은 학교에 갔다. 그리고 마음이 내키면 교실에도 들어갔지만, 거의 양호실에서 지냈다. 중학교 3학년인 만큼 반 애들은 고등학교 입시 준비에 바쁜 모양이었다.

"난 꼭 이 학교에 가고 싶어."

"왜?"

"교복이 예쁘잖아."

"네 머리로는 거긴 어려울걸."

"야! 너무 솔직한 거 아냐?"

이런 즐거운 대화가 여기저기서 들려왔다.

난 이미 입시에서는 탈락한 몸이었기 때문에 변함없이 제멋대로 지내고 있었다. 머리를 노랗게 물들이고, 담배를 피우고, 금지된 자전거 통학을 하고, 여전히 불량한 애들과 어울려 밤거리를 쏘다녔다.

하지만 나 자신도 이래서는 안 된다는 생각을 하고는 있었고, 만약 원래의 내 모습으로 다시 돌아갈 수만 있다면 다른 애들처럼 고등학교에도 가고 싶었다. 그러나 공부를 워낙 안 해 이미 고등학교 시험은 무리였다.

어떻게 해야 할지 고민하고 있던 차에 머리를 자르려고 단골 미용실에 갔다. 거기는 담당제로 내 담당은 가가와(香川) 현 출신의 스물다섯 살 된 미용사였다. 엄마의 고향이 가가와여서 그런지 그 언니와는 말이 잘 통했다.

"난 중3인데 진로를 어디로 정해야 할지 고민이야."

"고등학교엔 못 가니?"

"성적도 내신도 나쁘니까 그건 무리야."

"나중에 뭐가 되고 싶은데?"

"특별히 없어. 언니는 언제부터 미용사가 되려고 생각했어?"

"중학교 때였나?"

"왜 미용사가 되려고 했는데?"

"다른 사람들을 예쁘게 해주는 게 좋잖아. 그리고 손에 기술을 익혀두는 것도 좋을 것 같아서."

난 자신 있게 말하는 언니의 모습에 감동했다.

'기술이라고? 미용사도 괜찮네. 그래, 나도 미용사나 되어볼까?'

나는 미용사가 되어 마음을 잡고 다시 제대로 살아보려고 미용학교 시험을 준비했다. 고등학교 수험 공부에는 못 미치더라도 내 딴에는 공부를 아주 열심히 했다. 손때도 묻지 않은 새것에 가까운 교과서를 꺼내다가 처음부터 읽어가며 내 나름대로 공부를 했다.

무사히 합격한 기쁨에 먼저 담임선생님께 알리려고 합격통지서를 움켜쥐고 학교로 갔다. 한껏 부푼 마음으로 교무실 문을 조금 열고 안을 들여다보았다.

그랬더니 담임선생님은 내가 온 걸 보고 교무실 밖으로 나왔다. 난 합격통지서를 자랑스럽게 내밀며,

"선생님, 저……."

하고 말을 꺼냈다. 그리고 말을 이으려 하자, 담임선생님은 내 말을 중간에 끊어버리고는,

"뭐냐? 양아치 같은 머리를 하고서는. 그런 머리를 하고 어딜 간들 네가 뭘 할 수 있겠어?"

합격한 것에는 전혀 관심도 보이지 않은 채 불쾌하다는 표정으로 교실로 향했다.

'지금껏 선생님한테는 반항만 해왔기 때문에, 용서를 빌려고 제일 먼저 달려왔는데…….'

내가 워낙 잘못을 해왔기 때문에 화가 나서 그랬는지는 모르지만, 단 한마디라도 좋으니,

"축하한다, 이제 앞으로는 열심히 해라."

이렇게 말해주면 얼마나 좋았을까. 집으로 돌아가면 머리도 곧바로 까맣게 다시 염색할 생각이었는데.

그러나 담임선생님은 내가 내민 합격통지서를 받아보지도 않고, 어디에 합격하거나 말거나 관심도 없다는 태도를 보였다.

'이젠 아무리 노력해봤자 소용없다는 걸까…… 이젠 어떻게 해도 용서받지 못하는구나…….'

나 혼자만 길가에 내동댕이쳐졌단 생각에 뭔가 다시 해보고 싶다는 의욕을 완전히 상실했다.

멀어져가는 담임선생님의 뒷모습을 물끄러미 바라보며 결심했다. 이런 사람을 더 이상 '선생님'이라고는 부르지 않겠다고…….

집에 돌아오니 엄마가 합격했는지를 물으셨다.

"어땠니?"

나는 온통 구겨진 합격통지서를 내밀었다.

"합격했구나."

"……."

"잘했다. 잘했어."

"……."

"그치만 고등학교에도 안 가고 미용학교에 간다니, 친할머니나 친척들한테는 뭐라고 설명하지?"

엄마는 내가 고등학교에 가지 않는 게 무척 자존심이 상했는지 친척들에게 어떻게 설명을 해야 할지 고심하고 있는 듯했다.

"아니, 뭐가 그렇게 창피한데……?"

"뭐?"

"뭐가 그리 창피하냐고 묻고 있잖아?"

"그런 건 아니지만……."

"그게 아니면 무슨 뜻인데……?"

"……."

엄마는 말문이 막혔는지, 침묵한 채로 고개를 떨구고 있었다. 그런 엄마의 모습을 보며 가슴속 깊은 곳에서 분노가 다시 치밀어 올랐다.

'당신이 이 세상에서 그 무엇보다도 가장 소중히 여기는 체면이라는 걸 완전히 망가뜨려주지…….'

나는 그 길로 집을 나와버렸다.

4장

밑바닥

더 이상 아무도 안 믿어

그 일이 있은 후부터 나는 마치 내리막길을 굴러가듯 밑바닥으로 전락했다. 그래도 입학은 했던 미용학교도 그만두었다. 아지트에 가서 거기 있는 애들과 노는 데 온통 정신이 팔려 있었다.

폭주족들의 아지트. 다다미 6조 크기의 단칸방에 흉내만 낸 부엌이 딸려 있는 좁은 공간은 담배와 시너 냄새로 가득했고 항상 여러 명의 남녀 아이들이 모여 있었다. 어느 날 요코랑 같이 가보니 남녀 한 쌍의 커플이 벌거벗은 채로 잠을 자고 있었다. 문도 안 잠그고…….

나는 못 볼 걸 봤단 생각에 너무도 당황스러워 서둘러 나오려고 했다. 그랬더니 요코가 내 팔을 잡으며,

"신경 쓰지 않아도 돼. 애네들 항상 이렇다니까."

그 두 사람이 누워 있는 옆에 자리를 잡고 앉았다. 그 둘도 별로 창피한 기색도 없이, 남자는 벌렁 누운 채로 그대로 있고, 여자는 벌거벗은 채로 쪼그리고 앉아 담배를 꼬나물고는 맛있다는 듯 피우기 시작했다. 그러고 나서 날 바라보며,

"야, 너 처음 보는 얼굴인데?"

나는 대답이 궁해서가 아니라, 어디다가 눈길을 돌려야 할지 몰라 당황해하며 인사를 했다.

"처음 뵙겠어요."

"야, 거기 있는 '앙팡' 마셔도 돼. '순톨루'라고. 아주 좋은 거야. 그거 마시고 '뿅'가서 남자랑 하면 그만이라니까."

이런 말을 하고는 남자랑 눈을 마주치며 히죽거렸다.

요코도 똑같이 웃고 있었다.

'앙팡이라면 시너라는 얘기잖아? 순톨루라니, 100퍼센트 톨루엔이란 말이야? 이것들 시너 마시면서…… 정말 부끄러운 줄도 모르나 해도 해도 너무하네.'

처음에는 누구나 이렇게 생각했을 것이다. 그러나 '풀 방구리에 쥐 드나들 듯' 아지트에 드나들면서 이런 광경에 익숙해지다 보면 정상적인 감각도 마비가 되어 이런 게 아무렇지도 않게 느껴지는가 보다. 그러다가 이런 게 나중엔 당연한 일로 되는 거겠지.

'이런 데 계속 드나들다간 내가 더 이상해지겠어…….'

이런 생각을 하면서도, 난 아지트에서 아지트로 몰려다니는 것을 그만두지 않았다. 혼자가 되는 게 싫었고…… 누구라도 좋으니까 친구라고 부를 수 있는 대상이 필요했다. 내 마음을 둘 곳이 필요했다.

면허도 없이 오토바이를 타는 방법, 자동차를 운전하는 방법을 익히게 됐다. 한밤중에, 폭주족들이 운전하는 차로 드라이브를 했다. 나는 신고라는 남자애가 운전하는 도요타 마크투 승용차의 조수석에 앉아 있었다. 신고는 열아홉 살인데 제대로 된 직업도 없이 가끔씩 자기 집에 찾아가서는 엄마에게 용돈을 뜯어오는 모양이었다. 신고에게 엄마라는 사람은 돈을 뜯어내기 위해 필요한 존재일 뿐이고, 이 차도 알고 보니 엄마 차인 것 같았다.

"그 여자도 제멋대로 살고 있는 주제에…… 나한테 뭐라고 잔소리할 자격은 없어."

그건 신고로부터 처음이자 마지막으로 들은 가족에 관한 얘기로, 그 이후 자기 가족에 대해서는 일절 아무 말도 하지 않았다.

'얘네 아빠는 안 계시나?'

물어보고 싶은 생각도 들었지만 물어볼 수 없었다. 누구나 말하고 싶지 않은 게 있을 테니까. 화제를 돌리려고 운전하는 방법을 물어보았다.

"운전하는 거 어렵니?"

"별로 안 어려워."

"면허 언제 땄는데?"

"얘는 생뚱맞게 무슨 말을 하는 거야? 면허 같은 건 없어. 무·면·허."

"아니, 그러면 다른 애들도 무면허란 말이야?"

"아니, 다른 애들은 면허 있어."

"근데 넌 왜 안 따는데?"

"돈이 없거든."

"으응, 그렇구나."

"핸들 잡아볼래?"

"뭐라고? 내가?"

"운전 해보겠느냐고."

"그치만 면허가 없는걸."

"면허 같은 건 아무려면 어때? 운전만 할 수 있으면 되지 뭐."

신고는 도로 한쪽 귀퉁이에 차를 세우고는 차에서 내렸다.

"자리 바꾸자. 운전석에 앉아봐."

나도 조수석에서 내려 운전석으로 갔다.

처음 앉아보는 운전석. 신고는 키가 178센티미터나 되고 난 155센티미터밖에 되지 않기 때문에 신고가 타던 상태로는 핸들이 눈앞을 가려 앞도 잘 보이지 않았다. 발도 페달에 닿지 않았다. 쿠션 두 개를 등과 엉덩이에 대고 겨우 운전석의 높이를 조절했다. 신고가 시키는 대로 브레이크를 밟으면서 기어를 중립에서 드라이브로 넣고, 사이드 브레이크를 풀고 액셀을 밟았더니 차가 앞으로 나가기 시작했다.

'차가 움직였어. 의외로 간단하잖아…….'

지금까지 조수석에 앉아, 다른 애들이 운전하는 걸 봐왔기 때문에 신고가 가르쳐주지 않았더라도 대강은 알고 있었다. 그 다음부터는 신고의 차를 빌려 한밤중에 다른 차들이 별로 다니지 않는 창고 근처 같은 곳으로 가서 운전연습을 했다.

그러나 운전에 익숙해질수록 불안한 생각도 들었다.

'이대로 나가다간 국도에서도 운전을 하게 되겠구나. 친구들 앞에서 뽐내려고 무리를 하게 될 것 같아. 그러다가 사고를 낼 수도 있을 텐데. 죄 없는 사람을 다치게 했다가는 큰일인데…… 이제 그만둬야지…… 그런데 운전을 안 하겠다는 말을 어떻게 하면 되지? 그렇지, 운전이 서툴다고 생각하게 만들면 되겠다. 그래, 어딘가에 살짝 박아버려야지…….'

나는 일부러 전봇대에 차를 살짝 박았다. 차에 별다른 흠집은 나지 않았지만, 신고는 놀라며 소리를 버럭 질렀다.

"뭐하는 짓이야, 아이고 서투르긴, 이제 넌 운전은 끝이야!"

'내게 남은 양심이든 뭐든, 모든 걸 다 버리고 완벽하게 불량해질 수만 있다면 얼마나 마음이 편할까? 정말 난 뭘 해도 완벽하게 못 하는 어쭙잖은 칠푼이야.'

나쁜 짓은 하면서도, 한편으로는 '사고라도 내면 어쩌지, 죄 없는 사람까지 다치게 했다간 큰일이야'라고 생각하는 모순된 내 자신이 싫어졌다.

그러던 어느 날, 고지가 사고로 죽었다. 오토바이를 둘이 타고 가다가 커브 길에서 중심을 잃고 오토바이가 넘어지는 바람에 뒤에 타고 있던 고지가 튕겨져 도로에 나가떨어지면서 그 자리에서 죽었다고 했다. 사고가 난 지 며칠 후 친구들이 모여 고지의 장례를 치르기로 했다.

각자가 마실 것과 먹을 것을 가지고 고지가 살던 아파트에 모이기로 했다. 그 방은 고지랑 같이 살던 후미히코라는 애가 계속해서 빌려 살기로 했다. 나는 밤 아홉 시경에 맥주를 사가지고 그 집에 도착했다. 먼저 와 있던 유카리는 이미 눈이 빨갛게 충혈이 되어 있었다.

'유카리는 고지를 좋아하고 있었나봐.'

그런 생각이 들자 불쌍해서 말도 붙일 수 없었다. 술을 마시고 있던 유카리는 취기가 도는지 점점 내게 심한 말을 하며 시비를 걸기 시작했다.

"야!"

"응?"

"세상 불공평하다고 생각하지 않냐?"

"그래, 불공평하지."

"정말 너도 그렇게 생각하니?"

"그래. 나도 그렇게 생각해."

"정말이야?"

"그렇다니까."

"그렇다면 니가 죽었어야 하는 거 아냐?"

"갑자기 무슨 말이야?"

"너 중2때 니 배 찔렀다며……?"

이때 난 처음으로 유카리가 그 일을 다 알고 있었다는 걸 알았다. 아무 대답도 못 하고 있는데, 유카리는 본격적으로 시비를 걸어왔다.

"고지는 돈을 모아서 미국에 가는 게 꿈이었어. 그 꿈을 위해 힘든 일도 참으며 견뎌왔는데 왜 그런 애가 죽어야 해?"

"유카리……."

"왜…… 왜 죽어버린 거냐고……."

"고지가 죽은 건 나 역시 슬퍼."

"그렇게 생각한다면 왜 고지랑 바꿔주지 않는 건데. 죽고 싶지 않은 고지는 죽어버리고, 죽고 싶은 넌 왜 아직도 살아 있냐고……."

"야, 나는 너를 진정한 친구라고 믿고 있는데, 왜 그런 가슴 아픈 소리를 막 하니?"

"친구라고? 무슨 말이야? 여기 있는 누구도 널 친구로 생각지 않아. 말이 나왔으니 이참에 전부 말해줄까?"

유카리는 내뱉는 듯한 말투로 계속 지껄여댔다.

"너, 이삼 개월 전에 요시오한테 샤브(각성제의 속어) 놔달라고 한 적 있었지?"

'그래, 그러고 보니 그런 일이 있었지…….'

요시오는 열아홉 살로 도장(塗裝) 일을 하고 있었다. 군데군데 구멍이 난 쥐색 작업복을 집 안에서도 입고 있었고 웃으면 뿌리만 남은 앞니가 허전해 보였다. 걔네 집 문은 항상 잠겨 있는 법이 없었고 애들이 죽치고 있던 게임센터에서 가깝기도 했기 때문에 유카리 같은 애들하고 가끔씩 갔다. 이삼 개월 전, 난 유카리를 찾으러 요시오네 집에 갔었다. 방에는 요시오와 사치코, 그리고 메구미라는 스무 살 정도로 보이는 여자가 있었다. 사치코는 허리까지 기른 지푸라기같이 푸석거리는 머리를 뒤에서 하나로 묶고 있었다. 메구미는 짧은 파마머리에 보라색 블리치를 넣어 한껏 멋을 부린 모양이었다. 둘 다 요시오처럼 이가 많이 빠지지는 않았어도 앞니는 뿌리밖에 남아 있지 않았다.

"유카리 오늘은 여기 안 왔어?"

하며 방에 들어가보니 이상한 광경이 눈에 들어왔다.

'각성제 아니야? TV에서 본 적 있어…….'

나는 긴장한 채 다가갔다. 그리고 말없이 지켜보았다.

요시오는 봉지 안에 있는 각성제를 귀이개로 조금 떠 은스푼에 조심스레 넣고 물과 섞은 다음 라이터로 스푼 밑에 불을 지폈다. 각성제가 완전히 녹은 것을 확인하고는 그 액체를 주사기로 옮겼다. 나는 나도 모르게 이렇게 말했다.

"나한테도 놔줘……."

'이미 죽다 살아났는데, 뭘 하면 어때? 아무래도 상관없어. 무엇보다도 난 이 애들과 친한 친구가 되고 싶으니까.'

이런 생각뿐이었다. 그런데 요시오는,

"안 돼, 넌 안 하는 게 나아."

뜻밖에 이런 말만 하고, 자기들끼리만 주사를 놓기 시작했다. 사치코의 양 팔뚝에는 주사 자국 같은 흔적이 수도 없이 많이 남아 있었고, 군데군데 화상을 입은 것 같은 상처 자국도 있었다. 요시오는 숙련된 솜씨로 사치코의 왼팔에 각성제 주사를 놓았다. 그러고 나서 반 정도 남긴 주사바늘을 뽑고는 메구미를 불렀다.

"반 정도 남겼는데 너 맞을래?"

"오늘은 안 맞을래."

"웬일이야? 너답지 않게, 이런 일도 있네……."

"저번에 맞고 토할 뻔했거든."

"지난 번 샤브는 이상한 게 많이 섞였었나 봐. 도오루한테 산 건 이상하게 뭐가 섞여 있는 것 같더라. 그 새끼 봉지에 딴 거 섞어가지고 양을 늘려서 용돈 버는 게 틀림없어. 다음에 잡으면 가만두지 않을 거야."

그렇게 말하며, 요시오는 남은 각성제를 자기 왼팔에 주사했다.

난 처음 보는 광경에 완전히 얼이 빠져, 세 사람의 모습을 멍하니 바라보고 있었다.

그때 요시오가 나를 방에서 쫓아냈다.

"야, 넌 그만 가. 이런 데 있으면 안 돼!"

'각성제 같은 것에 손을 대면 안 된다고 날 생각해주는구나.'

나는 좋은 쪽으로만 해석을 하고 있었다.

"응, 요시오한테 그렇게 말한 적은 있었지만, 요시오는 날 생각해서 그만두라고 하던데."

"웃기고 있네. 얘가 뭔 말을 하는 거야? 난 요시오한테 직접 다 들었어. 그때 요시오가 너한테 맞지 말라고 했던 건 너처럼 머리가 이상한 애한테 샤브 같은 거 놔줬다간 니 손에 죽게 될 것 같아서 그만두라고 그랬다던데. 누가 너 같은 걸 걱정한다고 그래?"

난 내 귀를 의심했다.

"그게 무슨 말이야?"

"다들 뒤에서 씹고 있는 거 너만 모르지?"

"무슨 말이야……?"

"누구나 싸움을 하다 보면 어쩌다 칼로 상대방을 찌를 수도 있겠지만, 너처럼 자기가 자기 배를 찌르는 건 머리가 이상한 거 아니냐고."

"……."

'난 머리가 이상한 걸까? 모두가 얘기하는 것처럼…… 아니야, 그럴 리가 없어. 난 괴롭힘을 당하다가 그 고통을 참지 못하고 죽으면 편해질까 해서 그랬던 거야. 친구의 탈을 쓰고 내가 자기들을 믿게 만들어놓고는 날 배신한 걔들을 용서할 수 없었던 거라고…… 얼마나 분했는지 넌 짐작이나 할 수 있어? 얼마나 억울하고 괴로웠는지 상상이 가느냐고? 이런 내 심정을 걔네들한테 알릴 방법이 없어서 그랬던 것뿐인데…….'

"너네들 내 친구가 아니었구나……."

"친구라고? 무슨 잠꼬대 같은 소리를 지껄이는 거야? 내 친구라면 그런 짓은 절대로 안 하지."

"그렇다면 내가 걔들을 찔렀으면 좋았겠니……?"

"그렇지, 나라면 걔네들을 찌르지. 니가 만약 그랬다면 진정한 친구로 삼았을 텐데."

"……."

난 도망치듯 그 집을 뛰쳐나왔다. 그러고 나서 무작정 길을 걸었다. 걸으면서 생각했다.

'난 지금껏 괴롭힘을 당하거나 배신을 당해 진저리칠 정도로 고통을 받아왔지만, 마음 한구석으로는 모두가 똑같이 걔네들처럼 나쁜 건 아닐 거라고, 믿을 만한 사람이 꼭 있을 거라고 생각하면서 그래도 누군가를 진심으로 믿고 싶었어. 어릴 적부터 사람들은 서로 믿고 도우며 사는 거라고 배워왔기 때문에…….'

이 순간, 내 안에 있던 무언가가 완전히 무너져내렸다.

'더 이상 아무도 안 믿어…… 두 번 다시 아무도 안 믿어.'

이렇게 맹세했다.

헤어날 수 없는 늪

난 집에서나 밖에서나 서슴없이 막돼먹은 행동을 일삼게 되어 버렸다.

가끔씩 집에 들어가서는 엄마가 착실하게 모은 돈을 빼앗았다. 그러고 나서는 이유 없이 아무 저항도 하지 않는 엄마를 마구 때렸다.

"어째서, 어째서 넌 이런 못된 짓만 하니……?"

"시끄러! 전부 다 니 책임이야."

"부탁이야, 제발 그만해."

"시끄럽다니까!"

"이제 그만하래도……."

"전부 니가 잘못한 거라고. 애초에 나 같은 걸 왜 낳았어?"

"부탁이야…… 제발 정신 좀 차려."

엄마는 그저 울고만 있었다. 그 모습을 보는 게 결코 기분 좋은 건 아니었다. 나 역시 즐거운 마음으로 엄마를 때리는 건 아니었다. 그러나 나 자신을 억제할 수가 없었다. 난 온갖 분풀이를 엄마에게 했던 거다.

이미 허리가 굽어버린 할머니가 울면서 아무리 말려도, 그렇게 사랑하던 할머니의 목소리조차 내 귀에는 들리지 않았다.

"밋짱 부탁이야, 너같이 착한 애가 이게 무슨 짓이야? 제발 그만해……."

항상 아빠가 없을 때를 틈타 집으로 가서는, 집 안을 온통 난장판으로 만들어놓고 나와버렸다. 비겁한, 정말로 비겁한 행동을 했다. 엄마한테 빼앗은 돈은 유흥비로 쓰고 다녔고, 그러다가 조직폭력단에도 드나들게 되었다.

'어딜 가도 아무도 날 받아주지 않는구나. 난 함께할 사람이 필요해. 외톨이는 정말 싫어. 내가 마음 둘 곳은 없을까…….'

그런 심정으로 지내던 내가 발붙인 곳은 폭력단의 세계였다. 그리고 겨우 정신을 차렸을 때는 이미 폭력단 두목의 아내가 되어 있었다.

폭력단 두목의 아내라고 해봤자 아직 열여섯 살이었던 나를 산전수전 다 겪은 조직원들이 쉽게 받아들일 리가 없었다.

"젖내 나는 게 여기가 어디라고 서성대는 거야?"

"어린 것은 좀 빠지시지."

"집에 가서 엄마 젖이나 빨고 있으면 딱일 텐데, 발랑 까져가지고."

"애면 애답게 잘 컸어야지, 젖비린내 나는 게 정말 싹수가 노랗군."

"내려앉지 못해! 어디라고 그 방석 위에 올라앉아?"

젊은 간부라고 해도 사오십대의 어른이다. 갑자기 굴러들어온 열여섯 살짜리가 '형수님' 행세를 하고 앉아 있는 걸 보면 참을 수가 없었던가 보다. 노골적으로 싫은 소리들을 해댔다. 그렇지만, 나는 발붙일 곳이 필요했다. 어떻게든 이 세계에서 인정받고 싶었다.

'인정받기 위해서는 이 사람들이 하는 대로 똑같이 하지 않으면 안 되겠지…….'

이런 생각을 한 나는, 여기서라도 살아남기 위해 등에 문신을 새기기로 결심했다. 아직 열여섯 살이었기 때문에 문신사로부터 부모님의 허락이 필요하다는 이야기를 들었다. 물론 이런 일이 가령 부모님의 허락을 받았다고 해서 해결될 문제는 아니겠지만, 어쨌든 나는 집으로 갔다.

퇴근하신 아빠는 엄마와 식사를 하고 계셨다. 엄마는 날 보자마자 겁에 질린 표정을 했다. 나는 앉아 있는 두 사람을 향해 종이를 내밀었다.

"문신할 거니까 여기다 도장 찍어."

아빠는 고개를 떨군 채 말이 없었다. 엄마는 이제 눈물도 말라버렸는지 혼이 나간 사람처럼 그저 멍하니 초점을 잃은 눈을 하고 앉아 있을 뿐이었다.

부모님은 도대체 어디서부터 손을 대야 할지 막막했을 것이다. 그러나 난 오히려,

'딸년이 이렇게 무지막지한 짓을 한다고 하는데 혼구멍을 내야지, 야단조차 못 치는 게 부모야……?'

이런 생각을 하며, 말없이 앉아 있는 아버지를 발로 차버렸다. 인간이 어쩌면 이렇게까지 할 수 있을까 싶을 정도로 마구 걷어찼다…….

"제발 그만둬…… 부탁이야……."

엄마가 울면서 말렸다.

미친 듯 아빠를 발로 걷어찬 다음, 2층에 있는 안방으로 올라가 장롱 서랍에서 도장을 꺼내 내 손으로 찍었다.

1층으로 내려와 보니 웅크리고 앉아 있는 아빠를 엄마가 돌봐주고 있었다. 그걸 보자 갑자기 또 울화가 치밀어 엄마의 등을 발길로 차버렸다.

"이걸 보라고! 이렇게 도장 찍었으니까. 그래도 부모라고 니들 도장이 없으면 난 호되게 당한단 말이야."

그런 어처구니없는 말을 던져놓고 집을 나와버렸다.

'어쩌면 이렇게 미친 듯 날뛰고 있는데 혼도 내지 않는단 말인가…… 나 같은 건 이젠 어떻게 돼도 좋단 건가…… 어떻게 돼도…….'

나는 내심 나를 엄하게 혼내주길 바랐다. 사생결단하고 나와 맞붙어 그러면 안 된다고 날 붙잡아주길 바랐다. 그러나 부모님은 단 한 번도 나에게 제대로 야단조차 치지 못했다.

그걸 가지고 문신사에게 갔다. 내가 고른 문양은 관음보살과 뱀이 함께 그려져 있는 것이었다. 나무젓가락 같은 막대기 끝에 동여

맨 수십 개의 바늘이 등 표면을 저며내듯 찔러왔다. 으악, 너무 아파…… 살점을 칼로 난도질당하는 것 같은 아픔이 한꺼번에 몰려왔다. 산 짐승을 생으로 잡으면 이런 아픔을 맛보게 될 것 같다는 생각을 했다.

이를 악물고 참고 있다 보니 얼마나 세게 악물었는지 이빨까지 흔들거리기 시작했다.

천장을 보고 똑바로 누우면 문신을 새겨 넣은 자리에서 체액이 스며 나와 요 위에 얼룩이 생겼다. 체온도 38도를 넘나들었다. 그러다 위장까지도 이상해졌다. 피를 토하게 되어 병원을 찾았더니 위궤양이라는 진단이 내려졌다. 중간에 몇 번씩이나 그만두고 싶다는 생각을 했었다.

그렇지만, "역시 애송이야, 중간에 관둘 줄 알았다고!"라는 말만은 듣고 싶지 않았다. 여기서조차 버림받고 싶지는 않았다. 나는 이를 악물고 참았다.

어떻게든 그들의 '식구'로 인정받고 싶었던 나는 그 세계를 알기 위해 공부도 많이 했다. 그러고는 악의 길로 성큼성큼 빠져들어 갔다.

괴롭힘을 당해 고통을 받고 있던 내가 그 심정이 어떤 거라는 걸 뻔히 알면서도 부모님께는 내가 겪은 이상의 괴로움을 안겨주고, 그것도 모자라 이번엔 아무 죄 없는 사람들을 괴롭히는 쪽에 가담하게 된 것이다.

할머니의 죽음

1986년 1월 6일, 외할머니가 향년 82세의 나이로 세상을 떠나셨다. 노환이라 들었다. 형편없이 밑바닥 생활을 하고 다니던 나는 결국 나를 그렇게 귀여워해주시며 돌봐주시던 외할머니의 임종도 지켜드리지 못했다. 장례식 날 엄마는 친척들의 눈을 의식해 그래도 나를 불렀다. 그것도 사촌언니를 통해서…….

그날 아침 여덟 시쯤에 사촌언니로부터 전화가 걸려왔다. 나이가 나랑 열한 살이나 차이가 나는 사촌언니는 그야말로 집안의 큰언니 같은 존재였다. 당시 나의 상황을 알고 있던 친척들은 나를 백안시하며 멀리했지만, 이 언니만은 나를 그렇게 취급하지 않았다.

"밋짱, 할머니가……."

사촌언니는 수화기 너머에서 울고 있는 듯했다.

"무슨 일인데……?"

"할머니가……."

"할머니가 왜……?"

"할머니가…… 돌아가셨어……."

"그럴 리가 없어……."

난 서둘러 집으로 갔다.

도착해보니 이미 제단이 준비되어 있었고, 얼굴에 하얀 헝겊이 덮인 채로 할머니가 누워 계셨다. 엄마의 눈은 이미 퉁퉁 부어 있었다. 내가 왔다는 걸 안 엄마는 조용히 다가와 작은 목소리로 말했다.

"할머니는 몸져누우신 후에도 계속해서 밋짱, 밋짱 하며 네 걱정만 하셨어."

"……."

"할머니는 너랑 바꿔주고 싶다고, 널 되돌릴 수만 있다면 당신이 거기 가서 살아도 상관없다고 입이 닳도록 말씀하셨어."

"……."

"제발 바꿔주고 싶다고……."

"……."

할머니는 임종하실 때까지 나를 걱정하셨던 모양이다.

'할머니…….'

나는 제단 앞에 손을 모아 분향을 하며 천진난만했던 어린 시절을 떠올렸다.

부모님이 모두 직장에 다니셔서 나는 할머니와 지내는 시간이 더 많았다. 할머니에게는 많은 것을 배웠다. 할아버지가 일찍 돌아가셨기 때문에 엄마를 비롯해 어린 자식들을 키우느라 고생하셨던 이야기며, 과자를 만드는 방법, 꽃을 가꾸는 방법, 지혜로운 속담 등…… 할머니는 뭐든지 척척박사였다. 그런 할머니를 나는 어릴 때부터 존경해왔다.

"할머닌 모르는 게 없네. 정말 굉장해."

"그건 아니지. 할머닌 아직도 모르는 게 너무 많거든. 아직도 매일 배우고 있는데?"

"정말이야?"

"정말이고말고. 밋짱도 지금부터 뭐든지 관심을 가지고 열심히 공부하는 거야."

"응. 공부할 거야. 그래서 할머니처럼 척척박사가 돼야지."

"아이고 착해라. 그럼, 그래야지."

할머니는 공부라는 말의 의미조차 모르는 내가 그렇게 대답하는 것이 대견스러워 머리를 쓰다듬어주셨다.

할머니를 따라 자주 성묘를 갔다. 양동이에 물을 길어 무덤이 있는 곳까지 가지고 가는 게 내 역할이었다. 들고 가다 돌부리에 걸려 물을 쏟고 우는 내게 할머니는 다정하게 말씀하시며 눈물을 닦아주셨다.

"괜찮니? 조심해야지."

할머니가 달래주시면 금세 울음을 그치고, 무덤 앞에 올렸던 과자 같은 걸 먹으며 좋아했다. 난 할머니를 따라 성묘 가는 걸 좋아했다.

조상을 모신 불단에 밥을 올리는 것도 내 역할이었다. 언제나

밥이 다 되면 할머니께선 "밋짱! 밥 다 됐다" 하고 부르셨다.

"네에, 불단에 올리는 거 먼저 만들어야지."

"그럼, 그렇지. 잘할 수 있을까?"

"응. 나한테 맡겨."

"밥 수북이 잘 담아야 해. 그래야 얼굴이 더 예뻐지지."

"응."

나는 갓 지은 밥을 주걱으로 정성스레 퍼서 제기에 수북이 담았다.

"할아버지, 많이 드세요."

밥을 올린 후에는 작은 손을 모아 기도를 올렸다.

'지금도 밋짱 왔니? 하고 반겨주실 것만 같은데, 전혀 믿기지 않는데 할머니가 돌아가시다니, 의식이 희미해져가면서도 마지막 순간까지 내 걱정만 하시다가…… 할머니…… 미안해…… 정말 잘못했어…….'

아무리 후회를 해도 이미 소용없는 일이 되어버렸다. 용서를 빌려고 해도 할머닌 이제 이 세상 사람이 아닌 것을…… 슬픔과 후회로 가슴이 저려왔다.

난 단지 발붙일 곳, 마음 둘 곳이 필요했기 때문에 폭력단의 세계에 몸을 담았지만, 결국은 그곳도 내가 안주할 수 있는 약속의 땅이 아니었다.

인간의 온갖 더러운 행태를 봐온 나는 마음도 몸도 다 너덜너덜한 걸레처럼 되어 있었다. 모든 게 싫어진 나는 결국 남편과 이혼을 했다.

이혼은 했어도 여전히 지옥의 늪에서 헤어나지를 못하고 그 지옥의 바닥에서 허우적거리며, 외로움과 원망으로 만신창이가 되어 세상을 한없이 증오하고 있었다.

그 시절의 나는 완전히 술에 절어서 살았다. 누가 봐도 술과 원수진 것처럼 보였겠지만, 나는 술 덕분에 하루하루를 버틸 수 있었고, 술은 나의 유일한 친구였다.

"왜 그때 콱 죽어버리지 못했을까……? 이렇게 더러운 세상의 밑바닥에서 외톨이로 살면서 뭐 그리 좋은 꼴을 보겠다고! 그때 미련 없이 죽었으면 얼마나 편했을까."

술에 취해서는 입버릇처럼 이런 탄식만을 되풀이했다.

5장

전환점

우연

1988년 봄의 일이었다. 내가 일하고 있던 기타신치(北新地)의 클럽에서 우연히 아빠의 옛 친구 오히라 히로사부로 씨를 아주 오랜만에 만나게 되었다. 내 나이 스물두 살 때였다.

내가 근무하던 기타신치의 클럽은 그랜드 피아노를 비롯해 호화스런 장식품들이 놓여 있고 값비싼 그림들이 자연스레 벽면에 걸려 있는, 그야말로 테이블에 자리만 잡아도 한 사람당 몇 만 엔씩이나 하는 고급 클럽이었다. 당시는 거품 경기가 최고조였던 시기로 어느 클럽도 손님들로 붐볐다.

오히라 아저씨는 거래처 사람들을 접대하기 위해 클럽에 오셨다. 여섯 명의 일행이 가게에 들어왔을 때부터 난 이미 오히라 아저씨라는 걸 알아차렸다.

'오히라 아저씨 아니야……?'

오히라 아저씨는 부처님 상을 떠올리게 하는 커다란 귀에 사람의 마음을 꿰뚫어보는 듯한 날카로운 눈을 가진 분이다. 그러나 그렇다고 결코 차가운 느낌이 드는 게 아니라 오히려 인자함이 느껴지는 인상이었다.

나는 어릴 때부터 오히라 아저씨를 "아찌!"라고 부르고 있었다.

전기공사 관계 일을 하고 계시던 아빠와 설비공사 업자인 오히라 아저씨는 업무상 교류도 있고 해서 옛날부터 잘 아는 사이였다. 내가 유치원에 다니던 시절, 오히라 아저씨는 가끔씩 우리 집에 놀러 오셨다. 그러고는 함께 식사도 하고 세상 돌아가는 일이나, 건설업에 관한 이야기를 나누곤 하셨다.

나는 오히라 아저씨 무릎에 날름 올라앉아 놀다가, 그대로 잠이 들어버려 아저씨 바지에 침으로 지도를 그린 적도 있었다. 내가 미안해하니까 오히라 아저씨는 괜찮다며 언제나처럼 웃는 얼굴로 내 머리를 쓰다듬어주셨다.

"밋짱은 정말로 말 잘 듣는 착한 애로구나!"

나는 아저씨가 입버릇처럼 해주시는 이 칭찬이 듣고 싶어 아저씨만 오시면 더욱더 매달렸던 것 같다.

아저씨는 과자가게에도 자주 데리고 가주셨다.

"뭐든지 네가 좋아하는 걸로 다 골라."

"응. 그런데 뭘로 할까?"

"뭐든지 괜찮다니까, 먹고 싶은 거 다 골라도 돼."

"그럼…… 사탕으로 할까…… 껌으로 할까……."

"사고 싶은 거 전부 다 사면 되잖아?"

"많이 먹으면 배 아프니까 하나만 사라고 할머니가 그러셨는데 뭐."

"그래, 그럼 할 수 없지. 천천히 잘 생각해서 골라봐."

아무리 기다려도 그 하나를 고르지 못하고 망설이고 있는 날

채근하는 기색도 없이 오히라 아저씨는 다정한 미소로 기다려주셨다.

'저 자리에만은 가기 싫은데…… 어떻게 하지?'

그렇게 생각은 했지만 여기서 일하는 이상, 내 마음대로 자리를 고를 수는 없는 노릇이었다. 어쩌면 만난 지 너무 오래돼서 날 알아보지 못할지도 몰라…… 이런 한 가닥 희망을 부여잡고, 눈에 잘 뜨이지 않게 제일 끝자리에 앉았다. 그런데 앉자마자,

"아니, 넌 밋짱이 아니냐?"

"네에?"

"아저씨 기억 못 하겠니?"

"……."

나는 일단 모르는 척했다.

'지금의 난 아저씨 무릎에 앉아 마냥 좋아하던 천진난만한 그 밋짱이 아니에요. 더럽혀질 대로 더럽혀져버렸어요. 이런 비참한 모습만은 보이고 싶지 않았는데…….'

그래도 내 주제에 아직은 눈곱만큼의 자존심이 남아 있었다.

오히라 아저씨는 그래도 포기하지 않고 계속 물었다.

"밋짱이 틀림없어, 아저씨를 모르겠다니?"

"……."

"너, 이런 데서 뭐 하고 있는 거냐? 아빠 엄마는 모두 건강하시

고?"

"……."

나는 이대로 계속 모르는 척할 수 없다는 생각이 들어,

"오랜만이에요."

어렵사리 이 한마디를 하고는 고개를 숙여버렸다. 오히라 아저씨는 돌아가시면서 자기의 명함 뒷면에 언제든지 연결이 되는 전화번호를 적어주셨다.

"언제든지 괜찮으니 마음 내키면 전화해. 알았지?"

이것이 계기가 되어 가끔씩 찻집에서 만나 이런저런 이야기를 나누게 되었다. 오히라 아저씨는 아이들을 좋아하셔서 어려움에 처한 아이가 있으면 그대로 지나치지를 못하는 분이셨다. 가정형편이 좋지 않아 학교도 제대로 다니지 못하고 취직도 못 하고 있는 소년들을 보시면, 아저씨의 회사에 데려다 취직을 시켜주셨다. 그러고는 뭔가 그 소년들에게 맞는 자격증 같은 것을 딸 수 있도록 도와주신 다음 다른 회사에 다시 취직을 시켜주셨다.

"애들은 부모를 고를 수가 없어. 애들은 아무 죄도 없으니까. 어른이 돕는 건 당연한 거야"라고 말씀하셨다.

이 자리를 빌려 당시의 내 모습을 공개하자면, 항상 몸매가 확 드러나는 몸에 딱 붙는 옷을 차려입고, 짙은 화장에 긴 손톱에는 빨간 매니큐어를 바르고, 장소를 가리지 않고 아무 데서나 던힐 담배를 피워 물곤 하는 그런 천박한 모습이었다.

오히려 아저씨와 만나기 시작했을 때도 여전히 이런 식으로 하고 다녔다.

"요즘은 어떻게 지내니?"

"달리 뭐…… 어떻다니요?"

"너네 아빠한테 좀 듣기는 했지만……."

"뭐라고요?"

"너네 아빠 무척 걱정하고 계셨어."

"아저씨! 그 인간하고 만났어요?"

"아빠한테 그 인간이라니, 그런 말 하면 못써!"

"……."

"두 번 다시 아빠 엄마를 그 인간이니 뭐니 버릇없이 불러서는 안 돼!"

"……."

"그렇게 불손하게 부르면 안 된다고, 알았지?"

"네."

나는 할 수 없이 그저 건성으로 대답을 해두었다.

'아저씨는 아무것도 모르는 주제에…… 갑자기 불쑥 내 앞에 나타나서 구구절절 웬 설교야……?'

마음속으로는 이런 말을 되뇌고 있었다.

"다음 주에 또 여기서 만나는 거야. 약속이다, 알았지?"

아저씨는 그 말만 남기고 내 대답은 듣지도 않고 차를 타고 가버렸다.

'아저씨는 참 할 일도 없지. 그렇게 할 일이 없어? 한가하면 잠이나 잘 것이지, 나한테 설교해서 뭐 덕 볼 게 있다고, 나한테 이 정도 설교가 씨나 먹힐 줄 알아……?'

이런 삐뚤어진 생각을 하면서도 약속한 날에는 또 아저씨를 만나러 갔다.

그날도 오히라 아저씨는 계속해서 나를 설득하고 계셨다.

"너, 언제까지 이런 식으로 살 거니? 지금부터라도 늦지 않았으니까, 다시 한 번 인생을 제대로 살아봐."

"그게 무슨 뜻이에요?"

"남들처럼 낮에 제대로 된 일을 해야지. 땀 흘려가며 열심히 살아야지. 지금 같은 일을 해서 어쩌겠냐?"

'정말 웃기고 있네. 갑자기 웬 공자님 말씀? 내가 아무리 모자라도, 나라고 나쁘다는 걸 몰라서 이런 일 하는 줄 아나? 알면서도 어쩔 도리가 없으니까 하는 거지. 나라고 마냥 좋아서 하는 게 아니라고…….'

나쁜 건지 몰라서 하고 있는 사람에겐, '그건 나쁘다'라고 가르치며 그만두라고 하는 말은 효과가 있을지 모른다. 하지만, 애초에 나쁘다는 걸 잘 알면서도 하고 있는 경우에는, 아무리 '그건 나쁜 짓이니까 그만두라'라고 설득을 해봤자, '그래서 나쁘니까 어쩌라고……?' 하는 반항만 더 불러일으키기 쉽다. 나 역시 아저씨의 설득에 '그래서 어쩌라고?' 식으로 몰아붙였다.

"아저씨! 저한테 그런 말 하는 거 질리지도 않으세요? 아직도 할 말이 남아 있어요?"

"그럼, 남은 정도가 아니지. 아주 많아."

오히려 아저씨는 이야기를 멈추지 않았다.

"형광등 하나만 봐도 그렇지만, 별거 아닌 것처럼 보여도 모든 게 평범한 사람들이 땀 흘리고 연구해서 만들어낸 거야."

천장에 달린 형광등을 손으로 가리키며 말씀하셨다.

"뿌리도 없는 대나무 토막이나 나무젓가락 토막 같은 데 넝쿨을 감는 나팔꽃이 되어서는 안 되지. 같은 넝쿨을 감더라도 뿌리가 있는 것에 감아올려야 장래성이 있는 거야……."

아저씨는 아주 작정을 한 듯 계속해서 말씀하셨다.

그런데도 여전히 나는,

'뭔 말이 이렇게도 많담! 형광등을 누가 어떻게 만들든 나랑 무슨 상관이야. 게다가 다 시들어빠진 내가 설마 무슨 꽃 같은 걸 피워보겠다는 야무진 꿈을 꾸고 있겠어? 하루하루 버티기조차 힘든데. 나 같은 건 뭐에다 넝쿨을 감든 결과는 뻔하다고, 이 바닥에서 허우적거려봤자 뭐가 달라진다고…… 날 좀 내버려두시지……'

결코 내 마음의 문은 열리지 않았다.

'지겹지도 않은지 입만 열면 설교야…… 이젠 듣는 것도 지겨

워…….'

그러나, 이런 문답이 한없이 계속되는 동안, 얼어붙었던 내 마음도 조금씩 아주 조금씩이긴 해도 녹기 시작했던 것 같다.

'왜 이렇게까지 열심히 설교를 해댈까? 아무 상관도 없는 날 바로잡아봤자 아저씨한테 득이 될 건 하나도 없을 텐데…….'

나의 못된 반항심이 사그라진 건 아니었지만, 언제나 진지한 얼굴로 지금부터라도 늦지 않았어, 새 삶을 살라고 말씀하시는 아저씨를 만나 그런 설교라도 듣고 싶다는 생각이 점점 강해져갔다.

그러던 어느 날, 찻집에서 커피를 마시며 아저씨는 여느 때처럼 많은 말씀을 해주셨는데 여전히 반항심에 가득 차 있던 나는,

"이제 와서 새 삶을 살라고요? 무슨 잠꼬대 같은 소리를 하는 거죠? 내가 왜 이렇게 돼버렸는지 뭘 잘 알지도 못하면서, 결국 내가 어찌되든 책임도 안 질 거면서, 입바른 소리로 설교하는 건 그만뒀으면 좋겠어요. 그렇게도 내가 새로운 삶을 살길 원한다면, 아저씨가 날 중학교 시절로 돌려보내달란 말이에요."

참지 못하고 이런 말을 해버렸다.

이 말을 들은 오히려 아저씨는, 이때 처음으로 큰소리로 야단을 쳤다.

"물론 네가 잘못된 길로 들어선 건 너 혼자만의 책임은 아니지. 부모님한테도 주위 사람들한테도 책임이 있어. 하지만, 언제까지

나 정신을 못 차리고 제대로 된 삶을 살지 못하는 건 모두 네 책임이야. 자기가 잘못해놓고 언제까지나 뻔뻔스럽게 남의 탓으로 돌리는 것도 작작 해라! 그런다고 누가 알아줄 줄 알아? 누가 네 인생을 책임져준대? 세상이 그렇게 만만한 줄 알아?"

다른 손님들이 놀라 들고 있었던 커피 잔을 놓칠 만큼 큰소리로 아저씨는 날 혼내셨다.

'아저씨…… 언제나 다정한 아저씨가, 이렇게 화를 내시다니…….'

벼락을 맞은 듯 온몸에 전류가 흘렀다.

'겨우 날 인간으로 대해주는 사람을 만났다…….'

나는 이 순간 태어나서 처음으로 야단을 맞아본 것 같다는 생각이 들었다.

—네가 잘못된 길로 들어선 건 너 혼자만의 책임은 아니지.

이 말이 내 머릿속에서 한없이 메아리치고 있었다. 난 처음으로 오히려 아저씨의 진심을 깨닫게 되었다.

'아저씬 진짜로 날 걱정해주시는구나…… 이런 날 인간이라고, 그래도 인간 대접을 해주시는구나…….'

너무나 기쁜 나머지 몸이 떨려오는 듯했다. 그러고는 이제까지 태연한 척 참고 있던 눈물을 더 이상 참지 못하고 목 놓아 울었다. 창피함도 무릅쓰고 오열했다.

내가 이렇게까지 되어버린 이유를 누군가가 알아주기를 바랐다. 전부 알아주지는 못하더라도 정말 조금만이라도 좋으니, 내 마음을 알아주는 사람이 필요했었다…….

내가 울음을 그친 후에도 오히라 아저씨는 많은 말씀을 하셨다.

"당장 거기서 손을 씻어. 속는 셈 치고 한 번만 아저씰 믿어봐. 너라면 꼭 해낼 수 있어. 다시 새로운 삶을 살 수 있어!"

"정말 그럴 수 있을까요!"

"한번 해보는 거야."

"하지만 이미 만신창이가 돼버렸는데……."

"이 세상에서 이미 늦었다고 포기할 일은 하나도 없어. 해보지도 않고 포기해선 안 돼. 소중한 네 인생이잖니!"

"내가 할 수 있을까?"

"할 수 있고말고. 네가 어렸을 때를 기억해봐. 그때의 착하고 순수했던 마음으로 돌아가서 다시 한 번 시작해보는 거야. 용기를 내서 한번 부딪혀보는 거야."

나는 이 일을 계기로 오히라 아저씨의 말씀을 순수하게 받아들이게 되었다. 그리고 내 마음속에서 예전에 지워버렸던 '믿음'이라는 감정이 다시 살아나기 시작했다.

'다시 한 번 순수하게 누군가를 믿어보자.'

이런 생각을 하게 되었다.

지옥을 뒤로하고

1988년 7월, 나는 오히라 아저씨를 따라 다카라즈카(寶塚)에 있는 기요시코진(淸荒神: 정식 이름은 기요시코진세초지[淸荒神淸澄寺]. 896년, 우다[宇多]천황의 뜻에 따라 건립되었다)에 갔다. 당시의 나는 부처님이니 하느님이니 하는 신 같은 건 아무것도 믿지를 않았다. 아니, 안 믿으려고 했었다.

'만약에 부처님이든 하느님이든 그런 자비로운 존재가 있다면, 날 이렇게 내버려두진 않았을 거야. 괴롭힘을 당해 고통을 당하고 있을 때도 누구 하나 날 도와주지 않았어. 이 세상에 신 같은 건 없어…….'

이런 생각에 빠져 있었다. 정말로 나는"천벌을 받아 이 세상 밖으로 아예 버려진 인간"이라고 생각하고 있었기 때문이다.

"나랑 같이 기요시코진에 참배하러 가자."

아저씨가 이런 말씀을 하셨을 땐 솔직히 거부감을 느꼈다. 그러면서도, 나는 왠지 한번 가볼까 하는 생각도 들었다. 왜 그런 생각을 하게 되었는지는 지금도 알 수가 없지만, 눈에 보이지 않는 무언가에 이끌려 간 것만은 틀림이 없는 듯하다. 최근에 그때 있었던 일을 엄마에게 얘기했더니, 엄마는 당연하다는 듯 말했다.

"틀림없이 기요시코진께서 너를 이끌어주신 거야."

잘은 모르겠지만 나도 그 말에 납득이 갔다.

오전 열 시에 기요시코진 역에서 아저씨를 만나 거기부터 경내까지 이어진 참배길을 걸어갔다. 오르막길에다 역에서부터는 꽤나 거리가 멀었다. 이십대인 내가 걷기에도 숨이 찰 정도로 가파른 길이었다. 주위를 살펴보니 백발에다 허리까지 굽은 할머니 할아버지 들이 지팡이에 몸을 의지한 채 한 걸음 한 걸음 본당을 향해 걷고 있었다. 참배길 양쪽에 늘어선 수많은 상점의 주인들이 지나가는 참배객들에게 정겹게 인사를 했다.

"안녕하세요! 자주 오시네요, 별고 없으셨나요?"

'모두가 밝은 표정이네…… 상쾌할 정도로.'

그 상점 주인들의 이마에 맺힌 땀방울이 아침 햇살을 받아 반짝반짝 빛나고 있었다.

기요시코진에 도착해 경내에 들어갔다. 커다란 아름드리 은행나무가 늠름하게 서 있었다.

손과 입안을 신수(神水)로 깨끗이 씻은 다음 본당으로 갔다.

"앞으로는 좋은 일만 가득하길……."

오히라 아저씨는 좋은 일과 좋은 인연을 맺게 되기를 바라는 염원에서 일부러 5엔, 50엔, 5백 엔, 5천 엔, 이렇게 5자가 붙은 돈이란 돈은 모두 준비해오셨는지 그걸 한꺼번에 시주함에 넣고는 두 손을 모아 합장하셨다.

나도 아저씨처럼 시주함에 돈을 넣고 합장을 했다.

'이렇게 부처님 앞에서 머리를 숙이고 두 손을 모으는 게 도대체 몇 년 만일까…….'

마치 어린 시절로 돌아간 것 같은 느낌이 들었다.

주위를 둘러보니 나이 드신 분들이 많았다.

"밋짱, 저기 손 모아 기도하고 계신 백발 할머니 좀 봐라. 저 나이에 저런 몸으로도 희망을 버리지 않고 부처님께 기도를 올리잖니?"

그 할머니는 여든 살도 넘었을까, 허리는 몹시 굽어 있고 힘겹게 지팡이에 의지한 채 중얼중얼 뭔가를 열심히 빌고 계셨다.

"아무쪼록, 아무쪼록…… 간절히 비나이다."

주름으로 쭈글쭈글해진 두 손을 모아 매달리듯 몇 번이고 반복해서 고개를 숙여가며 간절히 빌고 있었다.

—경내에 울려 퍼지는 종소리…… 은은한 염불소리…… 피어오르는 하얀 연기, 그리고 그윽한 향냄새…….

마음속에 담아두었던 해묵은 때가 한꺼번에 씻겨나가는 것 같은 느낌이 들었다.

'엄마도 아마 저 할머니처럼 이렇게 부처님 앞에 와서 나를 위해 간절히 빌었을 거야…….'

그 할머니와 엄마의 모습이 겹쳐져 보였다.

'마음처럼 되지 않는 걸, 엄마 잘못으로 돌리고만 있었어. 애초에 자살을 시도한 것부터 내 자신이 연약했기 때문인걸. 아무리 괴롭힘을 당하더라도 견디며 참아내는 아이들도 있는데. 그 와중에도 자기의 꿈을 향해 노력하는 친구들도 있었는데. 나쁜 길에서 방황하던 것도 다 내 선택이었어. 그 누구의 잘못도 아니야. 모두 내 잘못이었던 거야…….'

나는 지금까지 내가 이렇게 비뚤어진 삶을 살게 된 것을 모두 다른 사람의 탓으로만 돌리고 있었다. 그러나 이제야 비로소 그것이 얼마나 부끄러운 일인가를 깨닫게 되었다.

'이게 내 인생의 마지막 기회일지도 몰라. 그래 마지막 기회야…… 한 번밖에 없는 소중한 내 인생, 이제 다시 제대로 살아봐야지.'

이런 결심을 하게 된 건 내 나이 스물두 살의 여름이었다. 지옥의 저편으로 스스로 뛰어들어 허우적거리고 있던 내게 단 한 가닥 구원의 밧줄이 던져진 것이다. 나는 있는 힘을 다해 그걸 잡았다.

그러고는 잘못된 과거의 모든 것들과 결별했다.

결단

1988년 7월, 난 오사카 시내에 원룸 맨션을 하나 빌려 그곳에서 인생을 새로 시작해보기로 마음먹었다.

'혼자는 외롭지만, 여기서 다시 내 인생을 바로잡아봐야지. 여기는 내가 다시 태어날 산실(產室)이야…….'

이렇게 새 삶을 살겠노라고 굳게 다짐을 했지만, 한참을 아무것도 하는 일 없이 멍하게 허송세월만 보내고 있었다. 중졸 학력만으로는 당장 취직하기도 어려웠다. 구인 잡지를 보고 몇 군데나 이력서를 보내봤지만, 면접의 기회도 주어지지 않은 채 달랑 전화 한 통화로 거절당하기가 일쑤였다.

"저기, 며칠 전에 이력서를 보낸 사람인데요."

"네, 누구시죠?"

"니시무라 미쓰요라고 하는데요. 이력서를 보내고 한참이 지났는데도 면접 보라는 연락이 없어서요……."

"아, 참, 중졸인 사람이 하나 있었지. 뭔가 자격증 같은 건 있나요?"

"아뇨, 없는데요?"

"그럼 안 되겠는데요."

"그래도 면접만이라도 한 번 볼 수 없나요?"

"아니, 괜히 면접을 본다고 결과가 뭐 달라지겠어요? 학력이 중졸인데."

"……."

딸깍 하고 전화가 끊기는 소리와 함께 싸늘한 냉기가 귓속으로 파고들었다.

'역시 자격증이라도 따지 않으면 중졸로 취직을 한다는 건 어림도 없나봐…….'

이제 정신 차리고 제대로 살지 않으면 안 돼, 그러기 위해선 자격증이라도 따지 않으면…… 이런 생각으로 머릿속은 가득 차 있었지만 대체 무엇을 어떻게 시작해야 할지 알 수가 없었다.

그렇게 답답한 심정으로 지내던 어느 날 오히라 아저씨가 전화를 주셨다.

"어떠냐? 거기서 생활하는 것도 이제 익숙해졌겠지?"

"네…… 근데……."

"무슨 일이냐, 그렇게 풀이 죽어가지고."

"자격증을 따야 할 것 같은데……."

"할 것 같은데, 뭐가 문제냐?"

"저도 남들처럼 제대로 살려면 뭔가 해야 한다는 건 알지만, 먼저 뭐부터 손을 대야 할지 몰라서요."

"왜? 지금까지 겪어온 일들 중에 뭔가 마음에 걸리는 거라도 있어서 그래?"

"그게……."

"무슨 일인데?"

"들어주실래요?"

"물론이지. 아무 걱정 말고 말해봐."

나는 중학교 때 괴롭힘을 당하고 죽을 고생을 해야 했던 일들이 하나도 잊히지 않았다. 세상의 눈으로 보면, 조직폭력단 세계에 몸담고 있을 때가 인간으로서 최악의 수준으로 보이겠지만, 내 개인적으로 보면 그때보다 중학교 때가 훨씬 더 최악이었다. 차마 누구에게도 말을 못 하고 가슴에 묻어뒀던 그 일들을 전부 털어놨다.

"그런 일을 겪었구나. 그렇게 고통스러웠을 줄이야, 정말 몰랐다. 그런 일 때문에 학업까지 중단하게 되고, 지금 취직을 하려니 학력이 또 걸림돌이 되고. 원망스럽겠지, 지금도 분이 풀리지 않았겠구나?"

나는 그때만 해도 과거에 품었던 원망과 한을 풀지 못하고 속앓이를 하고 있었다. 그때 당한 일들과 지금까지 가슴속에 품어온 원망과 증오심은 '이제 다 잊고 새롭게 제대로 살아보자'고 결심한 정도로 훌훌 털어버릴 수 있는 간단한 상념이 아니었다.

나는 아저씨가 이렇게 말씀을 하신 의도를 추측조차 못 하고 있었다.

"그럼요. 당연하죠, 정말 분해요. 그것들한테 괴롭힘을 당했던 일은 평생 못 잊을 거예요."

"그러면 복수를 하면 되잖아, 그런데 방법을 잘못 선택했다간 큰일 나지. 만약 상대방에게 폭력을 행사하거나 속임수를 쓰거나 하는 방법으로 복수를 했다가는 상대방은 물론 너까지도 두 번 다시 원래의 자리로 돌아갈 수 없게 될 거야. 게다가 그 결과에 대한 책임은 또 네가 지게 될 거고. 그러니까 사실 이런 허접한 방법으로는 복수를 할 수 없지. 진정한 의미에서 최고의 복수는 너 자신이 보란 듯이 멋지게 사는 거야. 그러기 위해서는 뭔가 자격증이라도 따야지. 예를 들어 네가 미워하는 애가 상업부기 3급 자격을 가지고 있다고 치자. 그렇다면, 넌 2급을 따거라. 상대가 2급이면 넌 1급을 따고. 그렇게 되면 상대를 이겼다는 생각에 마음도 후련해질 테고, 결국은 너 자신을 위하는 일도 되는 거야. 이거야말로 최고로 멋진 복수라고 생각하지 않니?"

아저씨는 복수심을 부추기려는 게 아니라 뭔가 내게 의욕을 불어넣어주기 위해 이렇게 말씀하셨을 거다.

"그래, 자격증을 따야지!"

나는 지금까지 품고 있던 원망과 들끓는 증오심에 쏟았던 에너지를, 자격을 취득하는 데 쏟아붓기로 마음먹었다. 이런 내게 아저씨는 책상을 선물해주셨다.

그날 이후, 나는 잃어버린 인생을 한 번에 되찾아보겠다는 무서운 기세로 공부에 몰입했다.

6장

새출발

공인중개사 시험

먼저, 공인중개사 자격을 취득하기로 했다. 이건 말 그대로 토지나 건물의 거래조건 등을 당사자에게 설명하고, 매매 · 중개 · 알선을 해주는 부동산 거래의 전문가가 되는 자격이다.

이 자격을 따려고 생각하게 된 건 우연히 TV에서 공인중개사 학원 광고를 보게 되었기 때문이다.

그 당시 나는 뭔가 자격을 취득하려고 마음은 먹고 있었지만, 무슨 자격을 취득해야 좋을지 알 수가 없었다. 오히려 아저씨 회사에서 일하는 소년들은 수도나 설비관계의 자격증을 취득하기 위해 공부하고 있었지만, 나는 여자이고 지금까지 그 회사에서는 여자가 그 자격을 딴 전례가 없었기 때문에 여자는 무슨 자격을 따는 게 좋으냐고 일일이 물어보기도 거북했다.

정보를 얻는 데 도움이 된 건 책밖에 없었다. 집에서 가까운 서점에 가서 자격증 취득에 관한 책을 샀다. 제법 두꺼운 책이었다. 그 책엔 국가 자격을 비롯해, 이루 다 셀 수도 없을 정도로 많은 각종 민간 자격에 대한 내용들이 적혀 있었다.

'우와, 이렇게 많았을 줄이야. 이건 또 뭐야? 안 되겠다. 아이고, 이러다간 머리에서 쥐가 나겠다.'

지금까지 살아오면서 자격증과는 전혀 인연이 없었던 나는 무엇 하나 쉽게 고를 수도 없었다.

뭘로 정할까 고민하고 있을 때, 우연히 TV 광고가 눈에 들어왔다.

—당신도 공인중개사 시험에 도전해보지 않겠습니까? 작년 합격자의 95퍼센트가 우리 학원 출신입니다.

합격축하회라는 현수막 앞에서 술잔을 든 사람들이 웃는 얼굴로 건배를 하는 장면이 보였다.

'공인중개사? 이건 또 뭐지?'

나는 책의 목차에서 공인중개사라는 항목을 찾아내 내용을 읽어보았다.

읽어만 봐서는 뭐가 뭔지 알 수가 없었다. TV 광고를 하고 있던 학원에 전화를 걸어보았다. 덕분에 시험 내용에 대해서는 어렴풋이나마 알 수 있게 되어 도전해보고 싶다는 생각까지 들었다. 7월 하순 경의 일이었다.

'시험까지는 3개월도 남지 않았네. 그래도 하는 데까지 해봐야지.'

이때 난 멋모르고 이런 생각을 했다. 그리고 서둘러 공부를 시작했다.

우선 서점에 가서 기본적인 교과서를 샀다. 그동안 내가 만져본 책 중에 이렇게 두꺼운 책이 있었나 싶을 정도로 엄청나게 두꺼운 책이었다. 목차를 보고 전체적인 내용을 어렴풋이나마 머릿속에 그린 다음 읽어 내려가기 시작했다. 그런데 읽는다고 읽긴 하지만 모르는 한자가 너무 많아 진도가 나가지 않았다.

—시가지화 조정 구역 내에서의 개발행위를 억제하는 견지에서.

'시가지화 조정 구역 내에서의 개발행위를? 제기랄! 이러다가 혀 깨물지!'

여기서 멈추고 말았다. 서둘러 사전을 찾아봤다.

그때까지 부수로 찾는 방법을 몰랐던 나는 모든 한자를 총획수로 찾고 있었다. 사전도 그렇게밖에는 쓸 줄 몰랐기 때문에 총획수가 나와 있는 색인 부분만이 손때가 묻어 까맣게 되어버렸다.

"전부 몇 획이지? 8획인가?"

8획이 나온 부분을 처음부터 끝까지 찾아보았지만 나오질 않았다.

'이런 한자 없잖아…… 없어…… 그러면 8획이 아니란 말인가……?'

모래 위에 떨어뜨린 보석이라도 찾듯 그 주변을 한참 찾다보니, 결국은 7획에 그 글자가 있었다. 한심하게도 획수도 제대로 세지 못했다.

'억제(抑制)라고 읽는 거구나. 이제 찾았네.'

한자 옆에 읽는 방법을 적어넣었다.

'그런데 억(抑)자는 왜 7획인 거지……?'

매사가 이랬기 때문에 진도가 나가지 않았다. 의욕만큼 진도가 나가질 않아 조바심에 짜증까지 나 있던 나는, 나를 걱정해 전화를 해주신 아저씨에게 화풀이를 했다.

"여보세요, 어떻게 잘 되어가고 있냐?"

"어떻기는 뭐가 어때요?"

"공부는 잘 되어가고 있냐고?"

"……."

"왜 그래? 대답을 안 하고?"

"이런 거 더 이상 못 하겠어요, 제 체질에 안 맞는다고요."

"무슨 말이야, 시작한 지 얼마나 됐다고?"

"책 한 페이지 읽는 데 시간이 얼마나 많이 걸리는지 아세요?"

"여태까지 공부는 손 놓고 있었으니 시간이 많이 걸리긴 하겠지."

"이러다간 완전히 미쳐버릴 것 같아요."

"그래도 첫술에 배부르겠냐? 천천히 읽어봐."

"애초에 중졸밖에 안 되는 내가 자격증을 딴다는 게 무리라고요. 사실은 아저씨도 그렇게 생각하고 계시죠?"

"왜 내가 그런 생각을 하겠니? 그렇지 않아……."

"거짓말쟁이……."

"그렇게 어린애처럼 떼쓰는 소리 그만 하고 잘 들어. 이 시험을 준비하는 사람 모두가 우리와 같은 사람이지 뭐 특별한 사람이겠니? 다른 사람이 해낸 일을 왜 너만 못하겠니? 그런 나약한 생각은 버려. 그리고 넌 중학교밖에 나오지 않았으니까 고등학교, 대학교를 나온 사람보다 두세 배는 더 노력하지 않으면 안 된다는 생각을 해야지. 이제 막 시작했는데 조바심을 내며 단번에 합격하겠다고 욕심까지 부려가며 그러고 있으면 되겠니?"

비뚤어진 성격이 남아서 금세 좌절해버리는 나를 오히려 아저씨는 끈질기게 격려해주셨다. 이렇게 타일러주시면 내던져버리고 싶다가도 다시 해봐야겠다는 의욕이 생겨나곤 했다.

사전을 찾아가며 한자를 읽는 것까지는 할 줄 알게 되었는데, 읽는 건 읽더라도 이번엔 그 뜻을 알 수가 없었다.

—준금치산자(準禁治產者).

'도대체 이건 또 뭔 말이야. 발음하기도 어렵네. 이런 일본말이 옛날부터 있었나?'

일본어로 씌어 있었지만 외국어 같은 느낌이 들었다. 전혀 의미를 알 수도 없었고 글자를 보며 그 뜻을 상상할 수도 없었다.

한 달 정도를 이렇게 수험 기본서적과 씨름을 한 다음, 독학만으로는 도리가 없다고 생각한 나는, TV 광고에서 본 학원에 다시 전화를 걸어 지금부터 수강할 수 있는 강좌가 있는지 물었다. 우편으로 안내책자를 받아 그걸 읽어보았다.

'아니, 무슨 수업료가 이렇게 비싸? 그래도 이 강좌를 듣지 않으면 안 되겠어. 혼자서는 무리야…….'

그런 생각을 하며 모의시험까지 전부 세트로 묶여 있는 '합격직전 2개월코스'라는 강좌를 신청했다. 수강료를 내고 남은 돈을 계산해보니 그 달에 쓸 수 있는 식비가 하루당 3백 엔뿐이었다.

'당분간은 아침 점심 저녁 대충 굶지 않을 정도로만 때우자…….'

나 자신과의 싸움이 시작되었다.

수업 첫날, 교실에 들어서면서부터 완전히 질려버렸다.

—합격, 필승.

이런 두 단어가 선명하게 붓글씨로 써 있는 머리띠를 질끈 동여맨 강사가 열띤 강의를 하고 있었고 수강생들도 강사의 말 한마디 한마디를 놓칠세라 필사적으로 받아 적고 있었다.

'우와, 숨이 멎을 거 같아. 진짜 대단들 하시네. 여긴 속세(?)와는 다른 세계인 거 같아.'

"여기 분위기 끝내주죠? 난 이런 데는 이미 익숙해졌지만요. 사실은 이 강좌 듣는 거 벌써 네번째예요. 올해는 꼭 붙어야 한다고 다짐은 하고 있지만 이 머리가 따라줘야지요. 아하하."

나는 대답 대신 미소를 지어 보였다. 사실, 어떻게 대답을 해야 좋을지 몰랐기 때문이다.

그런데 역시 학원 수업이라 그런지 알기 쉽게 해설을 잘해주었다. 이해가 안 되는 부분을 질문하면 친절하게 가르쳐주었다. 책에 써 있는 내용을 겨우 이해할 수 있게 된 나는 문제를 풀기 시작했다. 그런데 의외로 문제가 풀리는 것이었다.

그러나 매사가 이처럼 순조롭지만은 않았다. 공부의 장벽 앞에서 번번이 무너지고 말았다. 알고 보면 이것도 공부의 한 과정일 테지만 몇 번이고 같은 문제를 틀렸고, 그때마다 맥없이 주저앉았다.

'또 틀렸어. 왜 꼭 같은 데서 이렇담……? 정답 해설 부분에도 이미 줄이 쳐져 있는데…… 도대체 몇 번째야? 이젠 더 이상 보기도 싫어…….'

공부에 진력이 나버린 나는 아저씨 회사를 찾아가,

"모의시험에서 합격점을 따지 못했어요. 이런 상태로는 합격할 리가 없어요. 몇 번이나 해봐도 똑같아요. 이젠 지겨워요…… 이젠 그만둘래요."

이런 말을 지껄이며 교과서를 사무실 바닥에 내동댕이쳤다.

"그 책이 너한테 뭐 잘못한 거 있니? 지식을 전달했으면 했지 너한테 뭐 잘못한 거 있냐고? 언제까지 그런 돼먹지 못한 버릇을 가지고 있을 거냐?"

아저씨는 책을 한 권 한 권 주워서 내게 주시며,

"오늘 하루는 공부 같은 거 다 잊어버리고 그냥 편히 쉬어라."

중압감에 눌려 숨도 제대로 못 쉬고 있는 나를 위로하시며 이렇게 말씀해주셨다.

'제 버릇 개 못 준다고 또 못된 짓을 해버렸네…… 교과서를 내동댕이치다니…… 야단을 맞아도 싸지. 난 정말 구제불능이야…….'

집으로 돌아오는 내내 나는 깊이 반성했다.

이러면서 조금씩 공부하는 요령이 생기기 시작했다. 어떤 부분은 완전히 이해하지 않으면 안 되고, 또 어떤 부분은 이해할 것까지는 없고 시험 직전에 외우기만 하면 된다는 것을 터득했다. 필사적으로 매달려 외운 것도 시간이 지나면 잊어버리는 건 당연한 일, 시험 당일에 기억을 되살릴 수 있도록 직전에 볼 수 있는 암기 노트 같은 걸 만들어두는 게 공부라는 것 등등……, 내 나름대로 합격을 위한 요령을 습득하게 되었다.

공부가 차츰 재미있어지기 시작했다.

'꼭 합격해서 그것들한테 본때를 보여줘야지…….'

이런 생각으로 매일매일 책상 앞에 앉았다.

그리고 그해 10월, 운 좋게 공인중개사 시험에 합격했다. 합격통지서를 가지고 곧장 오히라 아저씨의 회사로 가서 합격 소식을 알렸다.

"드디어 해냈어요. 아저씨, 내가 합격했어요."

"정말이냐? 장하다, 정말 장해."

"너무 좋아서 숨이 넘어갈 것 같아요!"

"단번에 합격하다니 대단하구나. 그렇게 노력하니까 되잖아. 이제부터 뭐든 할 수 있다는 자신감을 가져라."

아저씨는 이렇게 말씀하시며 자기 일처럼 기뻐해주셨다.

'노력하면 된다…….'

지금껏 내게 없었던 자신감이라는 게 생겼다.

법무사 시험

다음 해인 1989년, 이번에는 법무사 시험에 도전하기로 마음먹었다. 공인중개사 시험에 합격했으니까 비슷한 계열의 법무사 시험이 좋을 것 같다며 아저씨가 권해주셨기 때문이다. 그러나 이것 말고도 내게는 시험에 도전해야만 하는 이유가 또 있었다.

공인중개사 시험에 합격한 나는 이걸로 정말 다시 시작할 수 있다는 자신감에 부모님께 지금까지의 일들을 빌고 용서를 받을 생각이었다.

그러나, 그때 부모님은 날 만나려 하지 않았다. 내가 그때까지 부모님께 한 짓을 생각하면 당연한 일이었다.

'공인중개사 시험에 합격한 정도로 할 건 다 했다고 생각해서는 안 돼. 무슨 일이 있어도 다시는 흔들리지 않을 거라는 믿음을 주지 않으면 안 돼. 그러기 위해서라도 더 어려운 자격증을 따야지. 그러고 난 다음에 용서를 빌러 가봐야지. 그래도 용서받을 수 있을지는 모르겠지만…….'

이런 생각을 하며 다시 공부를 시작했다.

법무사란 건 간단히 말하자면 등기업무를 취급하는 전문가다.

나는 즉시 학원의 '법무사 시험 합격강좌'라는 것을 수강하기 시작했다. 민법은 공인중개사 시험을 준비할 때 공부해서, 그래도 안다고 생각했는데 대단한 오산이었다. 공부의 깊이가 전혀 달랐다. 공인중개사 시험 때는 전 과목을 합해 두꺼운 수험 교과서 한 권이면 됐는데, 법무사 시험은 과목마다 한 권씩 교과서가 필요했다.

공부를 시작한 지 6개월 만인 1989년에 시험을 봤다. 내 나름대로 어느 정도는 괜찮을 거라는 판단을 하고 치렀던 시험이었다.

그러나 결과는 불합격. 객관적으로 보면 당연한 결과였지만, 난 불합격의 책임을 문제가 나빴던 탓으로 돌렸다.

발표가 있었던 날 나를 응원해주시던 분들이 모여 위로의 자리를 열어주셨다. 이때는 나의 과거를 모두 알고도 "힘내라"며 응원해주시는 분들이 계셨다. 아저씨가 업무 관계로 아시는 분들과 아저씨 친구분들이었다. 연령도 이십대에서 오십대까지 다양한 분들이셨다. 대부분이 일류 대학을 나와서 대기업에 취직을 하셨거나 설계사 사무소의 소장님, 그리고 회사를 경영하시는 쟁쟁한 분들이셨다.

그 자리에서 아저씨는 여전히 나를 위로해주셨다.

"안타깝게 됐구나. 그렇지만 그래도 잘한 거야. 정말 잘 견뎌냈어."

그런데 나는 불합격이란 사실에 기분이 나빠 아저씨에게 툴툴거리며 말 같지도 않은 변명을 해댔다.

"문제가 나빴다고요."

"문제가 나쁘다니?"

"그랬다니까요. 이렇게도 저렇게도 해석할 수 있는 애매한 문제였다고요. 그런 문제를 풀 수 있다는 게 더 이상해요."

이런 말을 당연하다는 듯 내뱉어버렸다. 그랬더니 아저씨는 조근조근 타이르듯이 말씀하셨다.

"너 지금 무슨 말을 하는 거냐?"

"왜요……?"

"문제에 트집을 잡는 자체가 더 이상한 거 아니냐?"

"그래도 그런 애매한 걸 풀 수 있다는 자체가 이상하다니까요."

"만약에 이상한 문제가 정말 있었다고 하자. 그래도 그건 한두 문제에 불과할 거다. 그걸 모두 틀렸다고 해도 다른 문제를 다 맞혔다면 합격할 수 있지 않을까?"

"그렇지만, 시험이란 게 1점 차이로 합격 여부가 판가름 나잖아요."

"그렇다만, 그래도 합격한 사람도 있을 거 아니냐. 너랑 같은 문제를 풀고 말이야. 공인중개사 시험에 단번에 합격했다고 자만하면 안 돼."

"……."

입을 삐죽거리며 잠시 심통을 부려봤지만 금방 나 자신이 나빴다는 걸 깨달았다.

분명히 난 자만하고 있었다. 붙지 못할 시험은 없다고까지는 생각지 않았지만, 사실은 그에 가까운 심정이었다는 것도 부정할 수 없다.

법무사 시험 공부를 시작한 지 얼마 안 된 나는 사실, 문제를 읽어도 뭐가 문제의 의도인지조차 파악하지 못했다. 그렇기 때문에 나 자신이 실전에서 문제를 풀면서 실수를 했다는 것조차 전혀 깨닫지 못했다. 그래서 자신 있게 합격했을 거라는 착각을 하고 있었던 것이다. 이때의 나는 이런 한심한 상태였다. 야단을 맞고서야 비로소 깨달았다.

'아아, 또 야단맞을 짓을 해버렸네. 시험에 떨어진 게 오히려 잘된 일일지도 몰라. 이대로 만약 합격이라도 했더라면 자만심에 빠져 잘난 척하며 정말 꼴불견이었을 거야. 다시 초심으로 돌아가 열심히 해야지…….'

조금씩이긴 하지만, 반성을 거듭하면서 세상을 긍정적으로 바라보게 되었다. 응원해주시는 분들도 의기소침해진 나를 위해 한마디씩 건네주셨다.

"너무 기죽지 마. 나도 오히라 씨에게 얼굴만 마주치면 야단만 맞고 있어. 아마도 내 나이가 마흔이나 쉰이 돼서도 크게 달라지지 않을 거야. 그런데 야단 좀 맞았다고 우리가 풀 죽을 사람들인가? 아하하."

"하긴 그래요. 우리가 누군데."

"진짜 누가 쳐다보지도 않고 야단도 치지 않는 그런 인간이 돼버리면 그거야말로 끝장인 거지, 안 그래?"

"오늘은 맛있는 거 많이 먹고, 잠도 푹 자고 내일부터 다시 시작하면 되는 거야."

"그래. 결과는 이미 어쩔 수 없는 거니까 훌훌 털어버려."

모두가 나를 위로하며 용기를 북돋워주셨다.

'이렇게 고마운 분들의 응원에 보답하기 위해서라도 내일부터 다시 시작해야지.'

그 후에도 자주 야단을 맞았다. 하지만 그 덕분에 공부를 포기하는 일도 없었고 다음 해인 1990년에는 무사히 법무사 시험에 합격할 수 있었다.

부모님과도 아주 조금씩이긴 했지만 멀어졌던 사이를 조금씩 좁힐 수 있게 되었다.

1991년 1월에는 법무사 등록을 마치고 업무를 시작했다. 어느 정도 업무에 익숙해졌을 무렵, 부모님을 찾아갔다. 낯설게 느껴지기만 하는 우리 집 대문의 벨을 눌렀더니 엄마가 문을 열어주셨다.

오랜만에 만나는 엄마의 모습을 보며 이런 생각부터 들었다.

'엄마…… 얼굴이 많이 상했네…….'

내가 어릴 적, 엄마는 생기가 넘치고 항상 웃는 표정이셨다. 친구들에게 "밋짱네 엄마 예쁘다"라는 말을 들으며 우쭐하던 것이 엊그제 같은데, 지금 내 앞에 있는 엄마는 그 검고 윤기 나던 머리가 그야말로 파뿌리가 다 되어 있었고, 눈 언저리까지 푹 꺼져 들어가 있는 얼굴에서는 그간의 마음고생을 읽을 수 있었다. 예전의 아름다운 모습이라곤 찾아볼 수조차 없었다. 엄마를 이렇게 만들어버린 건 바로 나였다는 걸 뼈아프게 느꼈다.

"안녕하세요?"

"들어와라."

모녀가 남처럼 서먹서먹한 인사를 나눈 후 집 안으로 들어갔다. 내가 가출할 당시와 똑같은 모습이었다. 가구도 그때 그 자리를 지키고 있었다. 눈에 익은 흠집 난 장롱…….

'아빠도 엄마도 지금까지 어떤 심정으로 살아왔을까…….'

내가 만들어놓은 처참한 장롱의 흠집을 본 순간 심장이 갈기갈기 찢어지는 듯한 괴로움이 몰려왔다.

나는 부모님과 마주보고 앉았다. 부모님은 그저 고개를 숙이고 있을 뿐 아무 말도 없었다. 나는 어쨌든 지금까지의 잘못을 빌어야겠다고 생각했다.

"아빠, 엄마, 지금까지…… 잘못했어요."

절을 하듯 다다미 바닥에 손을 대고 고개를 숙였다. 부모님은 아무 말씀이 없으셨다. 한참 동안 무거운 침묵만이 흘렀다. 전신을 짓누르는 무거운 공기가 방 안을 가득 채우고 있었다.

'역시 내가 저지른 짓은 용서받을 수 없는 거였어…… 당연하지, 이래도 싸지. 지금까지 내가 저지른 일을 생각하면 용서를 구

한다는 자체가 뻔뻔스러운 거지…….'

나는 오늘은 안 되겠다 싶어 다음에 다시 찾아와보기로 마음먹고 자리에서 일어나려 했다. 그때 아빠가,

"밋짱. 이제 이렇게 네가 돌아왔으니 됐다…… 이제 됐어……."

목이 메어 제대로 말을 잇지 못하셨다.

아빠의 눈에서는 하염없이 눈물이 흘러내리고 있었다.

엄마는 내 손을 잡아주셨다.

"그동안 얼마나 힘들었니. 잘 견뎠다. 잘했어…… 다행이야…… 정말 다행이야. 네가 다시 이렇게 새로운 삶을 살게 되다니……."

엄마는 이런 말만을 반복하며 한없이 눈물을 흘리며 소리 내어 울었다.

'엄마…….'

원래부터 체구가 작았던 엄마는 너무 말라 더욱더 작아 보였다.

'이렇게 늙어버린 아빠와 엄마를 더 이상 슬프게 해선 안 돼. 지금부터는 효도를 하지 않으면…….'

마음속으로 굳게 다짐했다.

7장

사법고시를 목표로

우선 중학교 영어부터

그 무렵 오히라 아저씨는 여기서 멈추지 말고 다음 목표를 정하면 어떻겠느냐고 말씀하셨다.

"힘들긴 했어도 다행히 여기까지 온 거 아니냐, 여기서 만족하지 말고 뭔가 다른 시험에 도전해보는 건 어떻겠니?"

"뭐가 좋을까요?"

"사법고시는 어떠냐?"

"그게 뭔데요?"

"판사나 검사나 변호사가 되는 시험이야."

"변호사라면 알아요. 판사나 검사도 알고요."

"거봐, 알고 있잖아."

"아저씬 그게 괜찮다고 생각해요?"

"그래, 좋을 것 같구나."

"정말요?"

"그래, 그렇다니까."

"어떡하지?"

"망설이지 말고 한번 도전해보는 거야. 중졸이라도 열심히 노력하면 된다는 걸 보여주자."

"그럴까요? 그럼, 그렇게 할게요."

부끄럽지만 그때 난 사법고시에 대해 전혀 몰랐다.

난 단지 부모님이나 오히라 아저씨 그리고 저를 응원해주시는 분들로부터 그저 단 한마디,

"아이고 잘했다, 정말 열심히 했구나. 축하해!"

이런 칭찬을 듣고 싶었을 뿐이었다. 인정받고 싶었다. 그래서 사법고시에 도전하겠다는 결심을 한 것이다. 최고로 어려운 시험이라는 사법고시에 하룻강아지 범 무서운 줄 모르고…….

다음날 서점에 가서 사법고시에 관한 책을 사서 여러 모로 알아보기 시작했다. 사법고시는 학력, 연령, 성별의 제한 없이 누구든지 응시할 수 있는 시험이었다. 그리고 매년 1월에 실시되는 1차 시험부터 치러야 하는데 이건 일정한 자격을 갖춘 사람에게는 면제가 되었다. 대부분의 수험생들은 1차 시험은 면제를 받고 2차 시험부터 본다는 걸 알았다.

1차 시험이 면제되는 일정한 요건이란 건 예를 들면, 대학에 다니는 학생의 경우 일반교양과목을 이수한 시점, 그러니까 3학년이 되면 2차 시험부터 볼 수 있다는 것이었다.

나는 면제를 받을 수 없었기 때문에, 1차 시험 공부부터 하려고 과거에 출제된 문제를 모은 문제집을 샀다. 이 문제집에는 과거 10년간 출제된 문제와 해설이 나와 있었다. 대강 훑어보았지만, '하얀 건 종이고 까만 건 글씨'라는 말이 저절로 나올 뿐 무슨 말인지

전혀 알 수가 없었다.

'아이고, 영어 공부하는 것만으로도 세월 다 가겠네. 어쩌나…… 대학생들은 3학년부터는 면제가 되지만, 대학에 들어가려면 검정고시에 합격해야 할 테고…….'

이런저런 고민만 하고 있는데, 구독하고 있던 신문에 통신대학에 대한 광고가 나와 있었다.

'아무리 통신교육이라도 검정고시에 합격하지 않으면 입학시켜주지 않을 텐데…….'

종이를 뚫어져라 보고 있는데,

—대학입학자격 인정제도가 있습니다. 입학자격이 없는 분도 입학할 수 있습니다.

이런 반가운 문구가 눈에 들어왔다. 다시 한 번 같은 곳을 읽어보았다.

'틀림없이 그렇게 씌어 있어. 입학자격이 없는 사람도 들어갈 수 있다고. 그런데 이건 무슨 뜻일까…….'

서둘러 어느 한 대학에 전화를 걸어보았다.

이 대학의 통신교육부에는 특수생 코스라는 게 있어서, 1년간 고등학교 3년 동안의 교과과정에 대해 리포트를 제출해서 합격점수를 받으면 통신교육부 1학년에 입학할 수 있다는 거였다. 나는 즉시 그 대학에 입학수속을 했다. A, B, C코스로 나뉘어져 있었는데 중졸인 나는 제일 과목수가 많은 C코스에 들어가게 되었다.

'열네 과목이나 되네, 정말 장난이 아니겠는걸.'

생각했던 대로 정말 힘들었다. 고등학교 입시 경험이 없는 나에게는 일반교양과목이란 게 무척 어려웠다. 보통 고등학생들에게는 별로 어렵지도 않을 문제겠지만 나는 핵심이 뭔지조차 파악하기 어려웠다.

먼저 영어부터 공부하기로 했다. 예문을 보았지만, 전혀 뜻을 알 수가 없었다.

그래서 대충 한 문장을 골라 일본어로 해석해보았다.

—I answer for it that this information is true.

사전을 찾아보았다. 내가 사온 사전은 오분샤의 하이톱 영일사전인데 이건 영어를 처음 배우는 학생들을 대상으로 출판된 것이었다. 발음기호 뒤에 가타카나로 발음이 적혀 있어서 나 같은 초짜 아닌 초짜에게는 정말로 고마웠다.

'I는 '내가', answer는 '대답하다', for는…… 뭐가 이렇게 많은 거야? 일단 '–를 향해' 정도로 하고, it은 '그것', that은 '저것', this는 '이것', information은 '정보', is는 '입니다', true는 '진실'이라는 거고…… 근데 이게 뭔 뜻이야? 각 단어의 뜻을 다 합했는데 왜 해석이 안 되는 거지?'

중학교 1학년 때 영어공부를 했던 기억을 되살려봤다.

'그러니까 문장에는 주어와 술어동사가 한 개씩 있었지……

'나는'이 주어이고 '대답한다'가 술어동사인가? 그리고 그 다음에 있는 '그것' '이것' '정보'는…… 그러니까 이것과 정보를 합해 '이 정보'가 되는구나. 그런데 그 앞에 있는 '저것'은 또 무슨 뜻이야? 게다가 '입니다'가 술어동사라면, 어느 게 주어고 어떤 게 술어동사지? 앗! 빼먹었네, for의 의미는 전혀 모르고 있잖아…… 아이고, 머리야…….'

아무리 해도 해석이 되지 않았다. 다시 한 번 사전을 찾아봤다. 잘 읽어보니까 'answer for'에는 '책임을 지다'라는 뜻이 있었다. 그렇다고 해도 무슨 뜻인지 일본어로 해석이 되지 않았다.

이런 나를 그저 한탄만 하고 있을 수도 없는 문제였다.

나는 중학교 1학년 공부부터 다시 시작하기로 마음먹었다. 서점에 참고서를 사러 갔다. 영어 코너는 다른 과목에 비해 넓은 장소를 차지하고 있었다. NHK의 교재를 비롯해, 너무도 많은 영어교재가 있다는 사실에 주눅이 들어버렸다. 뭔가 단시간에 효율적으로 공부할 수 있는 좋은 책은 없을까 하고 한 권 한 권 빠짐없이 펼쳐보았다. 아무리 읽어봐도 적당한 책을 고를 수가 없었다. 몇 시간을 서 있어서 피곤했던 나는 그날은 한 권도 사지 않고 그냥 돌아왔다.

'너무 많으니까, 어떤 걸 골라야 할지 더 모르겠어…….'

다음날도 같은 코너를 찾았다. 『중학교 영어로 이렇게 술술』『영어, 여기가 모르겠다』『중3영어 20일 완전정복』 등 비슷한 이름의 책들이 너무도 많았다. 오늘도 헛걸음할 수가 없어, 아스카출판사의 『중학영어를 3주일에 마스터』라는 책과 『고교 3년간의 영어실력을 3주 만에 쌓을 수 있는 책』이라는 책을 샀다. 어쨌든 빠른 시일 안에 영어를 이해할 수 있는 책이 필요했기 때문이었다.

집에 오자마자 읽기 시작했다. 밤을 새워가며 읽어봤지만 아무리 읽어봐도 영어를 일본어로 해석할 수 없었다. 잘 생각해보니 해석이 안 되는 게 당연한 일이었다. 이 책들은 학교 수업을 받으며 공부를 해본 사람에게는 이해를 돕는 좋은 책이었지만, 지금껏 공부를 해보지도 않은 사람이 이해하기 쉬운 책은 아니었다. 나는 내가 사회인이라는 인식이 있었기 때문에 일반인들을 대상으로 한 코너밖에 보지를 않았다. 그게 실패의 원인이었다. 겸허하게 처음부터 중학생 코너로 가야 했었다. 시간을 허비해버린 게 아쉬울 뿐이었다.

다음날, 나는 중학생 코너로 갔다. 거기에도 대단한 양의 참고서가 책장을 가득 메우고 있었다.

나는 목표를 정했다.

'어쨌든 영어 문장을 일어로 해석할 수 있을 정도의 문법만은 알아야 해…….'

책장에 있던 책을 모두 펼쳐보았다. 어떤 책의 내용이 좋은지 판단할 수도 없었다. 그래서 읽기 쉬운 것을 기준으로 가이류도의 『선샤인 학습의 친구 1, 2, 3』이란 책을 샀다.

대충 한 번 읽어보았다. 1과 2에 쓰여 있는 문법은 이해가 되어 그래도 진도가 잘 나갔다. 그런데 3으로 접어들자 관계대명사 부분에서 진도가 나가지 않았다. 예를 들면,

—'a man who looked sad'는 슬퍼 보이는 사람이란 뜻입니다. who는 관계대명사, who 이하는 슬퍼 보이는 사람이란 의미이고, 앞에 있는 명사 a man을 수식하는 형용사의 역할을 합니다.

이렇게 해설이 되어 있지만, 알 것 같으면서도 이해가 잘 되지 않았다.

이처럼 알 것 같으면서도 잘 모르는 알쏭달쏭한 게 가장 강력한 '공부의 적'이 아닌가 싶다.

'1, 2에 쓰여 있는 문법은 이해할 수 있는데 왜 안 될까?'

그래서 왜 잘 이해되지 않는지 곰곰이 생각해보았다.

'그렇지, 1, 2에 나와 있는 문법은 중학교 수업시간에 들은 적이 있어서 그래도 알 수 있는 거야…… 이제 이유를 알겠네. 그러니까 3은 중학교 3학년생용이어서 전혀 수업을 듣지 않은 내게는 어려운 거야…….'

이 책은 교과서 가이드라는 참고서인데, 중학생이 제대로 학교 수업을 받아가면서 예습이나 복습을 위해 사용하는 데는 매우 도움이 되겠지만, 결론만 정리해두었기 때문에 수업을 듣지 않은 사람이 공부를 하기에는 어려웠다.

나는 알기 쉽게 쓰여진 문법책을 찾으러 또 서점에 갔다. 문법

책도 정말 많았다. 꽂혀 있는 순서대로 한 권씩 책을 꺼내가며 「머리글」을 읽어보았다. 그리고 몇 권 째인가에 산유샤출판의 『즐거운 영문법』이라는 책을 보게 되었다. 이 책의 머리글에는 이렇게 써 있었다.

—이 책은 단순히 문법의 규칙을 열거하고 나서 자, 그럼 외워 보세요, 하며 무작정 외우기를 권하는 문법책이 아니라, 어디서부터 그런 규칙이 생겨났는지, 또 왜 그런지를 가능한 한 자기 자신이 생각하도록 했습니다. 왜 Why?—라고 의문을 갖는 건 인간의 사고력 발전에 가장 중요한 첫걸음이기 때문에 영문법을 공부하면서도 '왜?'라는 질문을 항상 하면서 공부할 수 있도록 구성하였습니다.

나는 이 대목을 읽는 순간,

'바로 이 책이야, 내가 찾고 있었던 건 바로 이런 책이었어…….'

라는 생각을 하며 즉시 이 책을 샀다. 무슨 공부든지 무조건 외우는 게 아니라 왜 그렇게 되는가 하는 원리를 자기 자신이 생각하며 고민하며 터득하는 것처럼 중요한 일은 없다고 느끼고 있었기 때문에 이 대목에 공감할 수 있었다. 그날로 바로 읽기 시작했다. 생각하던 대로 좋은 책이었다.

관계대명사를 찾아보니, 다음과 같은 설명이 나와 있었다.

—I have a dog. The dog runs fast. '나는 개를 키우고 있습니다. 그 개는 빨리 달립니다.' 아이들은 자기가 빨리 달릴 수 있는

개를 키우고 있다는 걸 다른 사람에게 말할 땐, 이런 식으로 말을 합니다. 옛날 영어도 이와 같은 표현법을 쓰고 있었다고 합니다. 그런데 중세시대가 되면서 이런 두 문장을 붙여서 하나로 만들게 되었다고 합니다. I have a dog that runs fast. 여기에 나오는 that은 '이것은(이 개는)'처럼, 앞에 있는 a dog을 반복하는 대신에 사용된 대명사임은 물론, 두 개의 문장을 하나로 묶어 관계를 맺게 하는 작용을 하므로 '관계대명사'라고 이름 붙여진 것입니다. We respect the people. 이런 문장이 나왔다고 합시다. 그러면 우리들은 '그 사람들을, 이라고 하는데 대체 그 사람들은 누구?'냐고 묻고 싶어지게 마련입니다. 그리고 그 질문에 대해, '그 사람이 누구냐(who) 하면 열심히 일하는 사람들입니다'라는 답변을 듣게 됩니다(물론 이건 하나의 예일 뿐 다른 답변을 들을 수도 있겠지만) '그건 누구냐(who) 하면……'이라는 부분은 항상 같습니다. I respect the people who work hard(나는 존경한다, 그런 사람들을, 누구냐 하면 그건, 일하는, 열심히). '저는 열심히 일하는 사람들을 존경합니다.'

나는 교실에서 선생님의 수업을 듣고 있는 듯한 느낌이 들었다. 그리고 지금까지는 이해가 되지 않았던 부분을, 이 책 덕분에 이해할 수 있게 되었고 그저 정답만을 외우는 공부를 해서는 응용을 할 수 없다는 진리를 깨달았다. 무엇이든 왜 그렇게 되는가 하는 원리를 터득하는 데서부터 시작해서, 그걸 기본으로 자기 나름대로의 생각을 발전시켜나갈 수 있게 된다는 걸, 나는 이 좋은 책을 만나 절실히 깨달았다.

중학교 과정에서 배우는 영어를 공부한 다음 고등학생 과정을 공부하기 위해 참고서를 찾으러 갔다. 가능하면 같은 형식으로 고등학생용이 나와 있기를 바랐지만 안타깝게도 없었다. 게이린칸이라는 출판사의 『실력이 쌓이는 고교 영문법』이라는 책을 구입했다. 기본적인 내용은 공부를 했기 때문에 스스로 생각하면서 읽어나갈 수 있었다.

그러나 중학생 영어와 비교하니 하늘과 땅 차이라고 할 만큼 어려웠다. 너무 어려워 어떻게 할까 고민을 하다가 문득 나를 응원해주시는 분들의 얼굴이 떠올랐다.

'그래, 왜 그 생각을 여태 못 했지? 대부분이 대학을 졸업한 분들이었지. 대학을 졸업하지 않은 사람도 고등학교는 나왔잖아. 어쩌면 좋을지 한번 물어봐야지…….'

다음날 그중 한 사람에게 전화를 걸었다.

"저어, 영어 좀 가르쳐주시면 안 될까요……?"

"갑자기 무슨 말이야? 영어를?"

"네, 고등학교 영어를 공부하고 있는데 아무리 해도 장문독해라는 게 잘 되지 않아서요."

"고등학교 영어라, 졸업한 지 너무 오래돼서 생각이 날지 모르겠는데.”

“아무튼 일주일 안에 다 끝낼 수 있었으면 좋겠어요.”

“뭐? 일주일 안에……?”

“이거 말고도 할 게 너무 많아서 더 이상 시간을 낼 수 없어서 그래요.”

“하긴 그렇겠구나. 그럼 이삼일 후에 찾아올래?”

이런 약속을 하고는 자기 일도 바쁠 텐데 싫은 내색 한 번 하지 않고 친절하게 가르쳐주었다. 문맥을 가늠하는 방법, 영어 특유의 문장을 외우는 법, 직역이 아닌 해석 방법…… 필요한 요점을 망라한 설명은 정말로 이해하기 쉬웠다.

“정말이지 나도 입시 때는 영어 때문에 신물나게 고생했지…….”

웃으면서 이렇게 말한 그 사람의 눈은 빨갛게 충혈이 되어 있었다.

‘날 위해 일부러 공부를 해오셨구나. 잠잘 시간을 쪼개가며…….’

나는 감사한 마음에 가슴이 뭉클했다. 그리고, 아무리 힘들더라도 꼭 해내고야 말겠다는 다짐을 했다.

영어 공부를 끝낸 다음에는 수학 공부를 시작했다. 영어 공부를 시작할 때는, 처음부터 시간을 낭비했기 때문에 이번에는 애초에 중학생용 참고서가 있는 코너로 갔다. 그러고는 가쿠슈켄큐샤의

『뉴코스 중1수학』이라는 책을 구입했다. 수학은 기초를 쌓아가는 과목이라 중간부터 시작할 수 없었기 때문에 제1장의 '양수와 음수'라는 지극히 초보적인 부분부터 공부하기 시작했다. 중학교 3학년 과정까지 같은 참고서로 공부했다.

이렇게 기초를 쌓은 다음, 고등학교 수학을 공부하기 위해 같은 출판사에서 나온 『기초부터 베스트수학Ⅰ·Ⅱ』라는 책을 구입했다. 처음부터 읽어봤지만 중학교 수학과는 비교가 되지 않을 정도로 어려웠다. 한 달 안에 수학을 끝내겠다는 계획을 세웠지만 마음먹은 대로 진도가 나가지 않았다. 조바심이 생기기 시작했다. 그러다가 점점 공부에 집중하지 못했다.

'왜 이제 와서 이런 공부를 하지 않음 안 되는 거야……? 더 이상 하기 싫어. 진저리가 나…….'

난 교과서를 책장에 꽂고, 만들기 시작했던 정리노트를 쓰레기통에 던져버리고는 백화점으로 갔다.

일요일의 백화점은 쇼핑을 나온 가족들로 도떼기시장 같았다. 나는 식기 매장으로 가서 유리그릇을 보고 있었다. 예전부터 기분전환을 하고 싶을 땐 식기 매장으로 자주 갔었다. 여느 때처럼 좋아하는 식기를 보고 있는데도 전혀 즐겁지 않았다. 뭔가 마음에 걸리는 게 있어 매장을 나와서는 찻집으로 가서 천천히 커피를 마시며 차분하게 생각해보았다.

'아까는 이제 진저리가 난다고…… 더 이상 공부는 싫다고 그랬지만, 생각해보면 누가 나한테 강제로 시켜서 하는 공부가 아니잖아? 내가 하고 싶어서 하는 건데 누구한테 짜증을 내고 있는 거지……? 게다가 달랑 한 달 만에 수학을 다 떼겠다고 야무진 계획을 세우다니 정말 바보 아냐……? 한 달 만이라니, 가능한 얘기를 해야지. 처음부터 무리한 계획을 세워놓고 그게 맘대로 안 된다고 다 던져버리고 나오다니, 멍청하기는! 나도 참 웃기네. 집에 가서 다시 참고서를 읽어봐야지…….'

마음을 고쳐먹고 집으로 돌아와, 아까 쓰레기통에 버렸던 노트를 다시 꺼내고, 책장에서 수학 참고서를 꺼내 책상 위에 놓았다. 그러고 나서 참고서 머리글에 있는 '신개념 학습법에 대하여'라는 부분을 몇 번이고 읽으며, 씌어 있는 대로 실천하기로 했다. 그러고 나서 반복해서 문제를 풀었다.

그러면서 정리(定理)와 공식을 외울 수 있게 되었다. 그러나 아무리 해봐도 모르는 부분은 영어를 공부할 때처럼 나를 응원해주시는 분들께 도움을 받았다.

그 덕분에 전 과목에 대한 리포트를 모두 제출하고 무사히 합격점을 받을 수 있었다.

'이제 대학에 들어갈 수 있게 됐어…….'

겨우 마음을 놓았다.

통신교육으로 학점을 받다

리포트 제출이 끝난 다음에는, 대학 입학 여부를 결정하는 면접시험이 있었다. 나는 지정된 날에 잔뜩 마음이 부풀어 면접시험을 보러 갔다. 면접관은 단 한 명이었다. 면접이 무사히 끝나고 입학 절차에 대한 설명이 시작되었다. 나는 입학이 결정되었다는 걸 알고, 면접관에게,

"저, 그런데요, 통신교육으로도 일반교양과목 학점을 다 따면 사법고시 1차 시험을 면제받을 수 있나요?"

나에게 대학 입학은 사법고시 1차 시험을 면제받기 위한 거였기 때문에 그 부분을 확인해두고 싶었다.

"이것 보세요, 사법고시란 건 제일 어려운 시험이에요. 일본에서 제일 어렵다는 시험이라고요. 도쿄 대학이나 교토 대학을 나왔어도 어려울 텐데, 뭔 잠꼬대 같은 소리를 하는 거죠?"

면접관은 나의 질문에는 대답도 하지 않고 입학 절차 설명으로 말을 돌려버리고는 사무적으로 해둬야 할 말만을 늘어놓았다.

'난 통신교육으로도 사법고시에 합격할 수 있느냐고 물은 게 아니라 1차 시험을 면제받을 수 있느냐고 물은 것뿐인데 중졸은 사법고시를 보면 안 된다는 건가?'

화가 났다. 정말로 바보 취급을 당했다는 생각이 들었다.

'그래? 그렇다면 반드시 합격해주지. 무슨 일이 있어도 꼭 합격해서 코를 납작하게 만들어줘야지. 그때 가서 지금 자기가 했던 말에 책임이나 지시지.'

면접이 끝나고 대학 교정을 나와 역을 향해 걸었다.

'그러고 보니까…… 언제 이런 일이 또 있었던 거 같은데?'

아까 면접관이 한 말이 자꾸 생각났다.

'그래, 중학교 때…… 미용학교 합격통지서를 받자마자 담임선생님께 보여드렸을 때 지금처럼 완전히 무시당했었지…….'

상황도 내가 들은 내용도 각각 다르지만, 같은 느낌을 받았다.

'만약 그 시절의 나라면 이런 얘기를 들으면 아마 완전히 의욕이 꺾였겠지. 별것도 아닌데 누가 뭔 소리만 하면 금방 툴툴거리고…… 정말로 모자랐어. 왜 그때 일류 미용사가 되어 본때를 보여주겠다는 생각을 못 했을까…… 그랬다면 그렇게 방황하는 일도 없었을 텐데…… 무슨 말을 들더라도 나 자신이 어떻게 받아들이느냐에 달린 건데…….'

1992년 4월 4일, 스물여섯 나이에 이 대학의 통신교육 법학부에 입학하게 되었다.

통신교육이라고 해서 아예 학교에 가지 않는 게 아니었다. 통신과목 외에 이른바 스쿨링이라고 하는 과정은 학교에 출석해서 수업을 받지 않으면 안 되었다. 1학년에는 통신과목으로 29학점(9과목), 스쿨링 수업으로 7학점(4과목), 합계 36학점을 취득해야 했다.

학점 취득은 통신과목의 경우, 교재가 우송되어 오면 과목별로 각각 주어진 '과제'에 따라 리포트를 작성해서 제출하고, 홀수 달마다 보는 과목총정리 시험에서 합격하면 학점을 취득하게 되는 것이다.

스쿨링과목은, 모르는 게 있으면 교수님에게 얼마든지 질문을 할 수 있었기 때문에 학점을 취득하기 쉬웠다. 하지만 통신과목은 받은 교재만으로는 리포트도 쓸 수 없는 지경이었다. 매일 출석부에 도장을 찍듯 서점에 갔다. 혼자서는 도무지 풀 수 없는 문제는 고등학교 과정을 공부할 때처럼 응원해주시는 분들께 도움을 받았다. 그래도 안 되는 건 통째로 외워버리기도 했다.

고등학교 과정을 공부할 때처럼 차분히 시간을 할애할 수도 없었다. 특히 영어 같은 경우는 교과서를 처음부터 끝까지 통째로 다 외워 과목총정리 시험을 봤다. 이런 걸 정말 공부라고 말할 수 있을까 하는 회의가 들었다. 이런 건 실력을 쌓는 데는 전혀 도움이 되지 않을 게 틀림없는 것을…….

그러나, 당시에는 내용을 이해할 시간이 없었다. 어찌 됐든 빨리 학점을 따지 않으면 사법고시 2차 시험 공부를 시작할 수도 없었기 때문이다.

우여곡절 끝에 나는 주위 사람들의 도움을 받으며 이번에도 무사히 필요한 학점을 취득할 수 있게 되었다.

아빠가 암이라니?

1993년 4월, 스물일곱 살의 봄에 대학 2학년생이 되었다.

'통신과목의 학점을 5월과 7월에 있을 시험에서 따고, 스쿨링 수업의 학점을 8월에 한꺼번에 따면, 일반교양과목 학점을 전부 따게 돼. 힘내야지……, 이제 얼마 안 남았어…….'

이런 다짐을 하며 마음을 다잡고 있을 때, 아빠가 암에 걸리셨다는 걸 알게 되었다. 엄마한테서 전화가 걸려왔다.

"밋짱……."

"웬일이야 엄마? 이렇게 이른 아침에."

"아빠 건강이 좀 안 좋아."

"응? 어떤데, 어디가 안 좋아?"

"엉덩이 부근이 아프다고 하는데."

"엉덩이 쪽이?"

"그래."

"병원엔 가봤어?"

"아직이야. 어디 좋은 병원 알고 있나 해서."

"알았어. 서둘러 알아볼 테니까, 그동안 아빠 잘 돌봐드려."

"집으로 와줄래?"

"응. 바로 갈게."

전화를 끊은 후, 즉시 오히라 아저씨께 전화를 걸었다. 나는 장에 이상이 있는 건 아닌가 싶어 유명한 병원을 소개 받았다. 그 병원은 구라시키(倉敷)에 있었다. 곧장 엄마에게 전화를 걸어 입원할 준비를 해두라고 한 다음 모시러 갔다.

아빠는 너무 편찮으셔서 혼자서는 제대로 걷지도 못하는 상태였다. 엄마와 내가 부축을 해 겨우 신칸센을 타고 오카야마까지 가서, 거기서부터는 택시를 타고 병원으로 갔다. 병원에 도착하니 진료시간이 끝났는데도 의사선생님께서는 친절하게 진찰을 해주셨다.

'너무 멀어 힘들긴 했지만 여기까지 오길 잘했다.'

이런 생각을 하며 한참을 기다렸더니, 진찰이 끝났으니 결과를 알려주겠다며 나를 진료실로 불렀다. 엄마는 다른 곳에서 아빠를 돌보고 계셨다.

선생님은 내 얼굴을 찬찬히 보시면서 이런 말부터 하셨다.

"침착하게 잘 들어주세요."

나는 불길한 예감이 들었지만 그저 네,라고만 대답했다.

"아버님은 그냥 배가 아프신 게 아닙니다."

"네……? 그럼…… 무슨 큰 병에라도 걸리신 건가요?"

"암입니다. 그것도 꽤 진행된 상태입니다."

'아빠가 암이라니…….'

갑자기 눈앞이 캄캄해졌다.

난 마음속으로 오진이기를 바라며 멋대로 결과를 부정해보기도 했지만, 움직일 수 없는 사실이었다.

'아빠가 암에 걸려버린 건 모두 나 때문이야. 내가 그런 몹쓸 짓만 안 했어도, 아빠는 암에 걸리지 않았을 텐데. 내 책임이야, 내가 방황하며 못되게 굴었기 때문이야…….'

나는 내 자신을 원망했다.

"집 가까이에 다니시는 병원이 있습니까? 진료의뢰서를 써드리지요. 좀더 자세한 검사를 해봐야 알겠지만, 어쩌면 수술을 할 수 있을지도 모릅니다."

나는 곧바로 집에서 가까운 현립 병원의 이름을 말씀드리고 의뢰서를 받았다. 그리고 엄마에게는 아직 아빠의 병명을 말하지 말아달라고 부탁했다.

'그 병원에만 가면 아빠 병을 고칠 수 있을 거야…….'

이렇게 믿으며 힘들게 구라시키에 있는 병원까지 왔는데, 곧바로 절망적인 이 사실을 알린다면 엄마는 충격을 받아 쓰러질지도 모르기 때문이었다. 그렇게 되면 아빠도 금세 모든 걸 알게 될 거고, 당장 무사히 집까지 돌아갈 수도 없게 될 거란 생각까지 들었다.

그날은 그대로 집으로 돌아와서 다음날 의뢰서를 들고 현립 병원으로 갔다. 그리고 정밀검사를 받았다.

"아버지는 나을 수 있을까요?"

주치의 선생님께 매달리듯 물었다.

"이런 말씀을 드리는 건 매우 안타깝지만 이제 여생이 얼마나 남으셨을지 모르겠네요. 이미 암이 제법 진행된 상태예요. 수술을 한다고 해도 골반까지 전이되어 있는 암 세포를 다 제거할 수 있을지도 의문이고요. 수술은 어떻게 하시겠어요?"

나는 수술을 하면 조금이라도 더 사실 수 있을지 모른다는 생각에 수술을 부탁드렸다.

'아빠한테 뭐라고 설명하지? 엄마한테도 아직 말하지 못했는데. 엄마한테만이라도 먼저 얘기하지 않으면 안 될 텐데…….'

그날 난 뜬눈으로 밤을 새웠다. 울어봤자 소용없는 일이라고 내 자신을 타일러도 봤지만 후회의 눈물이 그치질 않았다.

엄마에게 언제까지나 비밀로 할 수만은 없는 일이었지만 알리는 것도 무척 고민이 되었다.

그러나 역시 엄마가 아셔야 할 것 같아, 다음날 엄마에게 아빠가 암이라는 사실을 알렸다.

"엄마 너무 놀라지 마."

"응?"

"사실은…… 아빠가……."

"아빠가 어떤데?"

"사실은 아빠가 암이래."

"뭐? 그럴 리가 없어. 어제 그 선생님이 괜찮다고 한 거 아니야……?"

"구라시키에 있는 병원에서 이미 얘기를 들었는데 여태 사실대로 말을 못 하고 있었어. 그런데 언제까지나 그럴 수도 없잖아. 정말 오진이었으면 싶지만 진짜로 암이래……."

"그래, 그랬구나, 미안하다, 너 혼자 힘들었겠구나. 엄만 아무것도 모르고, 밋짱한테 모두 떠맡겨버리고…… 그렇지만 아빠한테는 어떻게 말하지? 밋짱 사법고시 붙는 거만 손꼽아 기다리고 있는데……."

'내가 사법고시에 붙는 것만을 손꼽아 기다리는 아빠와, 아빠가 암이라는 사실을 알고 하늘이 무너지는 것 같을 텐데도 강한 척 눈물을 참고 있는 엄마를 위해서라도, 아빠 살아생전에 꼭 합격해야지. 무슨 일이 있어도 합격하지 않으면 안 돼, 지금까지의 불효를 용서받기 위해서라도…….'

마음속으로 굳게 맹세했다.

아빠는 결국 수술을 받았다. 그 병원은 완전간호시스템을 갖추고 있어 간병인은 필요 없다고 했지만, 아빠가 입원하신 한 달간은 엄마와 내가 아침 아홉 시부터 저녁 다섯 시경까지 병실에서 아빠를 돌봐드렸다. 아빠가 누워 계신 침대 옆에 있는 응접 세트에서 나는 공부를 했다. 그렇게 공부를 하고 있는 내 모습을 보시며 아빠는 걱정스레 물으셨다.

“어때? 내용을 알겠니? 너무 어려운 거 아니야?”

“괜찮다니까. 이런 것쯤은 식은 죽 먹기라고…….”

나는 이렇게 자신 있는 척 대답을 했지만, 아빠는 그래도 걱정이 됐는지 매일 같은 질문을 하셨다.

당시는 헌법 공부를 막 시작한 때라 수험용 기본교과서를 읽어도 전혀 이해를 못 하고 헤매고 있는 단계였지만, 아빠를 안심시키기 위해 같은 대답을 반복하고 있었다.

아빠는 결국 인공항문을 달게 되셨지만, 퇴원 후 집에서 요양을 해도 될 정도로 회복되고 있었다. 그러나 골반으로 전이되었던 암을 전부 제거할 수 없었기 때문에 언제 어디로 전이될지 모르는 상태였다.

결국 엄마도 나도 암에 대해서 아빠에게 설명을 하지 못했다. 그러나 아빠는 어느 정도 짐작은 하고 계신 듯했다. 엄마와 내가 암이라는 사실을 알리지 않으려고 안간힘을 쓰고 있다는 걸 알아채고 모르는 척하고 있었는지도 모른다.

‘아빠가 앞으로 얼마나 더 사실 수 있을지. 앞으로 1년이나 버티실 수 있을지. 아빠가 살아 계신 동안 어떻게든 합격 소식을 전해드려야 하는데…… 아빠에게 남겨진 시간을 생각하면 내겐 단 한 번밖에 기회가 없을지도 몰라…….’

나는 취미 생활이라든가 내가 좋아하던 것들을 모두 접고 ‘내년에는 꼭 합격한다'라는 말만을 가슴에 새기며 젖 먹던 힘을 다해 공부에 몰입했다.

오로지 공부만

법무사 공부를 시작하면서, 공인중개사 시험과는 내용의 깊이가 너무 달라 깜짝 놀랐었는데, 법무사 시험과 사법고시 역시 꽤나 큰 차이가 있었다. 한 과목당 한 권씩의 기본서라 불리는 교과서뿐만 아니라 한 과목당 적어도 두 권, 민법 같은 과목은 다섯 권 정도가 필요했다.

'선불리 공부했다가는 몇 년이 걸려도 안 되겠는걸. 단기간에 합격할 방법을 찾지 않으면 세월만 가겠어…… 2차 객관식 시험에 합격한다 해도 3차 주관식 논술 시험에서 떨어지면 다음 해에는 또 2차 시험부터 봐야 하는데……, 그렇다면 일단 객관식 시험에라도 합격해보겠다는 안이한 생각은 일찌감치 버리지 않으면 안 된다는 얘기네. 처음부터 논술 시험까지 염두에 두고 공부를 하지 않으면 단번에 합격하는 건 무리야…….'

어떻게 해서든 다음 해에 있을 시험에서 꼭 합격을 하고 싶었던 나는 논술 시험 공부부터 시작하기로 마음먹었다. 그러고 나서 먼저 학원을 찾아보았다. 집 근처에는 매년 다수의 합격자를 배출하는 유명 학원이 몇 군데나 있었다. 모든 학원의 팸플릿의 내용을 검토하였다. 그러고는 수강할 수 있는 강좌는 가능한 한 수강하기로 했다.

집에서는 잠을 자는 것 외에는 공부만 했다. 아침 여덟 시에 일어나 세수를 하고 식사 준비를 하면서, 그동안 교과서의 중요한 부분을 읽고 녹음한 테이프를 들었다.

나는 공부를 할 때 내용을 머릿속에 각인시키기 위해 교과서를 소리 내어 읽고 있었다.

'이왕 이렇게 소리를 내서 읽는 바에야 그냥 읽기만 하지 말고 이걸 녹음해두면 식사 준비를 하거나 목욕을 하고 있을 때, 그리고 전철 안에서도 들을 수 있겠는걸…….'

그 이후 교과서를 읽을 때마다 녹음을 해두게 되었다.

—책임이란, 행위자가 자기의 행위가 법률상 허용되지 않는다는 걸 의식할 수 있고, 의식을 했다면 반대 동기를 형성하여 적법한 행위를 결의할 수 있는 일이 가능하다는 것을 근거로 한다. 그렇기 때문에 행위자의 고의 · 과실이 인정되는 것만으로는, 행위자에게 책임 비난을 할 수 없으며, 책임을 인정하기 위해서는 행위자가 자기 행위의 위법성을 의식할 수 있을 것, 즉 위법성에 대한 의식 가능성이 존재했다는 것을 필요로 한다, 그렇기 때문에 위법성에 대한 의식 가능성은 고의와 과실에 공통되는 책임요소로 해석해야만 한다.

식사 준비를 하면서, 헤드폰을 통해 들려오는 내 목소리에 집중했다. 식사를 마치고 설거지를 할 때쯤이면, 머릿속은 '형법 모드'

로 전환되어 있었다. 이렇게만 되면 그 후에 하는 공부도 흐름이 끊기지 않아 능률이 오르게 되었다.

그러나 항상 이렇게 좋은 컨디션을 유지할 수 있는 건 아니었다. 내 목소리조차 듣기 싫어질 때도 있었다. 그럴 때는 무리하게 듣지 않고 휴식을 취했다. 아직 몇 개월이나 남았는데 이렇게 진력이 나버리면 정작 시험 때까지 버티지도 못할 것이기 때문에 이럴 때면 언제나 오히라 아저씨께 전화를 걸었다.

"아저씨, 지금 시간 있어요?"

업무 중이라는 걸 뻔히 알고 있으면서도 지금 시간 있느냐고 생뚱맞은 전화를 걸어대는 이기적인 나를 아저씨는 싫은 기색도 없이 상대해주셨다.

"어떡해요. 교과서를 몇 번씩이나 읽었는데도 읽을 때마다 모르는 얘기만 줄줄이 나오잖아요."

"그렇겠지."

"해도 해도 끝이 없다니까요. 이게 제 한계인가 봐요."

"그런 생각을 해선 안 되지."

"뜬구름을 잡으려 하는 것 같아서요……."

"지금 밋짱은 정상이 보이지 않는 산을 오르고 있는 거야."

"네? 정상이 보이지 않는 산이라고요?"

"그렇지. 정상이 보이는 산은 낮은 산이지. 반대로 정상이 보이지 않는 산은 높은 산이고. 그런데 정상에 도달했을 때 그 기쁨은 어떤 산이 더 클 것 같니?”

“그야 당연히 정상이 보이지 않는 높은 산이겠지요.”

“너도 그렇게 생각하지? 넌 지금 정상이 보이지 않는 산을 오르고 있는 거야. 지금 여섯번째 능선을 오르고 있는 거니까 조금만 더 참고 올라가면 되는 거야.”

“여섯번째 능선이라고요? 그럼 또 올라가볼까?”

불안할 때마다 곧장 전화를 걸었다.

논술 시험 공부는 교과서를 읽는 것 외에도, 시험 직전에 볼 수 있는 내 나름대로 방법을 고안한 노트를 만드는 게 중심이었다. 매일매일 예닐곱 시간은 글씨를 썼다.

그러다가 어느 날부턴가 오른손에 통증을 느끼게 되었다. 처음에는 지압 효과가 있는 자석을 붙이거나, 파스를 바르거나 하면서 통증을 완화시키고 있었지만, 쉴 틈도 없이 글씨만 쓰고 있었더니, 결국 손목 힘줄에 염증이 생겨버렸다. 그런데도 아픔을 참아가며 계속 노트를 만들었다. 시험 준비 기간 내내 파스와 붕대와 진통제는 나의 필수품이자 동반자가 되었다. 팔뿐만 아니라 같은 자세로 몇 시간씩 앉아 있는 바람에 허리도 어깨도 목도 어디 하나 성한 구석이 없었다.

그러나, 아무리 늦더라도 매일 밤 열 시에는 잠자리에 들기로 정했다. 어릴 때부터 잠이 많기도 했지만, 하루에 열 시간 정도 잠을 자지 않으면 머리가 맑아지지 않아 공부에 집중할 수 없었기 때문이다. 아무리 머리를 쥐어짜도 모르겠던 문제였는데 다음날 아침 눈을 뜨면서 거짓말처럼 그 답을 알게 된 일도 한두 번이 아니었다.

'합격한다! 절대로 합격한다!'

이렇게 매일 염원하며 내년에 꼭 합격한다는 생각만을 하고 있었다.

'이 정도 공부한 걸로 정말 합격할 수 있을까…….'

특히 모의시험 성적이 합격점에 미치지 못했을 때는 이런 생각이 밀려오곤 했다. 그러나 한 번 이런 생각에 사로잡히게 되면 '불합격'이라는 나쁜 이미지만 떠올라 정말 괴로웠다.

그럴 때마다, '반드시 합격한다'는 의지가 꺾이지 않도록 하얀 종이에,

—합격

이라는 글자를 써서 책상 위에 붙여놓았다.

이뿐만이 아니었다. 보온병 같은 데 흔히 제품이 규격에 맞아 합격했다는 의미로 붙여놓은 합격 마크 스티커라도 눈에 띄면 그걸 떼어서 항상 눈에 보이는 곳에 붙여놓고 합격이라는 글자를 뇌리에 새겨 넣곤 했다.

'수험생 중에서 이렇게까지 합격에 집착하는 사람은 아마 드물걸. 이렇게까지 하는데 난 걱정 없어…… 난 합격이라고!'

—너 정말 괜찮아? 기어이 망가져버린 건 아니지? 하고 자문하고 싶을 때가 한두 번이 아니었지만 합격을 위해 꾹 참았다.

오히려 아저씨도 걱정이 되시는지 가끔 전화를 주셨다.

"공부는 잘 되니……? 밥은 잘 챙겨먹고?"

"네. 잘 먹고 있어요."

"진짜 잘 챙겨먹고 있는 거지?"

"밥도 잘 먹고 공부도 열심히 하고 있어요."

"열심히 잘하고 있단 건 알지만, 몸 상하면 안 된다."

"네에……."

"아버지는 어떠시냐?"

"어제도 전화했었는데 별로 좋지 않으신 것 같아요."

"그래, 가끔씩 가보기는 하는 거지?"

"네, 일주일에 한 번은 가고 있어요."

"잘하고 있구나, 그렇게 해야지……."

"네에……."

"조금이라도 오래 사셔야 할 텐데 걱정이구나."

"네, 남은 시간이 별로 없는 것 같아요. 아저씨…… 저 내년에 꼭 합격할래요."

"그럼, 그래야지. 나도 그렇게 되길 바라며 기원하마. 그렇지만 너무 무리해선 안 돼."

"네 알고 있어요. 무리는 안 해요."

무리하지 말라고 걱정해주시는 아저씨의 따스한 마음이 고마웠다. 그렇기 때문에 그 고마움에 보답하겠다는 각오를 새로이 다지게 되는 것이었다.

집에도 일주일에 한 번은 꼭 다녀왔다. 아빠는 단것을 좋아하셨기 때문에 단팥이 듬뿍 든 찹쌀떡 같은 것을 사 가지고 갔다.

"밋짱이 사다주는 건 정말 맛있구나."

뭘 사다드려도 그렇게 말씀하시며 좋아하셨다.

"공부만 하다가 몸 상하면 안 된다. 정말 무리하면 안 돼. 시험도 한 달밖에 안 남았을 텐데, 매주 안 와도 된다. 왔다가 가는 것만 해도 피곤할 테니까."

아빠는 건강상태가 점점 더 나빠져가고 있었는데도, 자나깨나 딸 걱정만 하셨다.

무리를 해서 찾아가면 더 걱정을 하실 것 같아 찾아가는 대신 매일 전화를 하기로 했다.

"엄마, 오늘은 별일 없어?"

"응. 없어. 밋짱은?"

"난 괜찮아. 아빠는 어떠셔?"

"응. 괜찮아. 바꿔줄게."

"밋짱, 어떠냐? 무리하고 있는 건 아니지?"

"난 괜찮다니까. 아빠야말로 무리하는 건 아니지?"

"집에 있는데 무리할 일이 뭐가 있겠어. 아빤 아주 좋단다."

"아빠, 그래도 혹시나 아프면 참지 말고 금방 병원에 가야 해."

"괜찮다니까. 요즘만 같아선 앞으로 삼십 년은 거뜬히 살 수 있을 것 같다니까…… 아하하."

매일같이 뻔한 내용의 대화가 반복되었다. 아빠도 엄마도 일부러 병세가 나쁘지 않은 것처럼 말했다.

그러나 아빠의 상태가 좋지 않다는 건 나도 잘 알고 있었다.

'아빠…… 정말 얼마나 고통스러울까? 목소리까지 쉬었던데. 항암제는 독하다고 했지? 그래도 얼마 안 있으면 시험이라고 나한테는 걱정 끼치지 않으려고 아무렇지도 않은 척하고 있는 거야…….'

시험을 코앞에 둔 나를 안심시키려고 걱정거리는 철저히 숨기는 부모님의 마음에 보답하고 싶었다.

'지금 당장 가서 보살펴드리고 싶지만 지금 내가 할 수 있는 일은 시험 합격을 위해 오직 공부하는 것밖엔 없어. 그것만이 지금 내가 할 수 있는 최선이야…… 그래, 합격을 향해 가는 거야.'

시험이 얼마 남지 않았다. 두문불출하고 온 정신을 집중해 공부만 했다. 밤도 많이 새웠다. 아…… 이젠 정말 시간이 없어…….

8장

난관 돌파

첫번째 난관

1994년 5월, 객관식 시험을 치렀다. 객관식 시험은 매년 어버이날에 거행된다. 시험장은 간사이 대학을 선택했다. 그날은 구름 한 점 없는 화창한 날씨였다. 헌법 · 민법 · 형법 중 제일 자신 있는 민법부터 문제를 풀어가기 시작했다.

그러나 그 해의 민법 문제는 무척이나 어려웠다. 첫번째 문제는 답이 되는 게 몇 개인지 갯수를 맞히는 문제였다. 이런 문제는 시간이 걸리기 때문에 다음으로 넘어갔다. 다음 문제는 공통되는 견해를 짝짓는 문제였는데 문제를 읽어봐도 답을 쉽게 찾기가 어려워 문제 앞에 물음표 표시를 해놓고 다음 문제로 넘어갔다.

'어쩌지…… 이렇게 계속 못 풀면 안 되는데. 평소처럼 명확하게 답을 고르지 못하는 이유는 도대체 뭘까…… 이 문제의 '견해'란 말 처음 보는 거 같은 데 교과서에 나왔던 말인가?'

부질없는 생각을 하고 있었다. 교과서에 나왔든 안 나왔든 그 견해를 아느냐 모르느냐를 묻고 있는 게 아니었다. 그 견해에 서서 생각하면 결론이 어떻게 나오느냐를 묻는 것이었다. 그러니까 어쨌거나 이 자리에서 생각하지 않으면 답을 낼 수 없는 문제였다. 문제 앞에 물음표를 그리는 횟수가 늘고만 있었다. 그런데 설상가상으로 머리에 쥐가 날 정도의 문제가 줄을 잇고 있었다.

—명제 A와 명제 B 사이에 'A면 B이고, B면 A이다'라는 관계가 성립하는 건 다음 중 전부 몇 개인가?

'이건 또 무슨 말이야?'

또 나왔다. 갯수를 묻는 문제가.

나는 문제를 읽는 것조차도 싫어졌다.

연필을 책상 위에 올려놓은 채 한참을 멍하게 있었다.

그러다가 갑자기 정신을 차리고 주위를 둘러보니, 나보다 훨씬 어린 수험생들이 악전고투하며 열심히 문제를 풀고 있었다. 나는 이 교실에는 어린 학생들이 유난히 많다고 생각했다. 곰곰이 생각해보니 그도 그럴 것이 사법고시 원서를 제출할 수 있는 건 대학 2학년 학생들부터다. 일반교양과목 학점이수 예정자로 분류되었던 현재 3학년생들이 이 교실에 모두 모였던 것이다.

'어린 애들한테 여기서 지면 안 되지. 끝까지 해보자…… 여기서 포기하면 지금까지 공부를 왜 했는지 알 수가 없잖아. 아빠도 엄마도 아저씨도 응원하고 계시는데…… 순순히 물러설 순 없어, 절대로 질 수는 없다고…….'

이런 생각을 하며 다시 문제를 처음부터 읽기 시작했다. 그리고 다행히도 시간 내에 무사히 모든 문제를 풀 수 있었다. 그러나 합격할 수 있다는 자신감이 전혀 생겨나지 않았다. 모의시험에서 합격점을 받았을 때는 언제나 뭔가 느낌이 달랐다. 그런데 지금까지와는 달리 그런 느낌이 전혀 들지 않아 너무나 불안했다. 시험이 끝나고 일단 다니던 학원으로 가서 대충 채점을 해봤지만, 이것만으로는 합격점을 받을 거라는 확신도 서지 않았고, 이 정도밖에 하지 못한 나 자신에게 화가 나기도 했다.

'아이고, 완전히 망했네. 올해는 이걸로 끝나나 보다…… 아아, 이렇게 죽을 쒔다고 어떻게 말하지…… 아빠가 살아 계신 동안 어떻게든 합격 소식을 전해드려야 하는데…….'

온몸에서 기운이 빠지며 허탈감이 밀물처럼 밀려왔다.

집에 돌아와 바로 부모님께 전화를 걸었다. 엄마가 걱정스레 물어보셨다.

"잘 다녀왔니? 많이 힘들었지?"

"아니, 괜찮아. 문제도 전부 풀었고……."

나는 부모님께 쓸데없는 걱정을 끼쳐드리고 싶지 않아 이렇게 대답했다.

"그래, 수고했다, 오늘은 피곤할 테니까 어서 목욕이라도 하고 쉬어."

"응. 그럴게."

"이 생각 저 생각 말고 어서 그냥 빨리 쉬는 게 상책이야."

"아빠한테 걱정하지 말라고 전해줘."

"알았어, 그렇게 전할게. 그리고 밋짱이 꼭 합격하도록 예전부터 다니던 집 근처 절에 가서 기도드릴게."

"응? 부처님께 기도를 드린다고?"

"왜 그러는데?"

"아니야, 아무것도. 고마워, 그럼 잘 빌어줘."

"걱정 마. 엄마한테 맡겨."

나는 하마터면 엄마한테 문제가 너무 어려워서 무척 애를 먹었다는 얘기를 할 뻔했지만, 꾹 참았다.

'안 돼, 정말 안 돼. 그런 말을 했다간 엄마가 지레 걱정만 하지. 정작 합격인지 불합격인지는 발표를 봐야 아는 일인데 미리 걱정할 필요는 없잖아. 어렵다고 느낀 건 나만이 아닐 거야. 다들 어려워했을지도 몰라…….'

이런 생각을 하며 나는 발표까지 될 수 있는 한 밝게 생활하려고 마음먹었다. 그리고 매일매일 마음속으로 간절히 빌었다.

'제발 합격하게 해주세요. 제발…….'

객관식 시험의 합격자 발표는 5월 하순에 시험을 치른 시험장에서 한다. 일부러 시험장까지 가지 않더라도, 합격 여부에 대해서는 우편으로 통지가 오게 되어 있고, 전화로 알려주는 학원도 있기 때문에 일부러 가지 않아도 되었다. 그러나 그건 시간이 걸리기 때문에 결과를 빨리 알고 싶은 사람은 발표장까지 가기도 했다. 합격자 발표 날에 직접 결과를 보러 가는 건 꽤나 용기가 필요한 일이다.

합격하고 싶다는 마음이 강하면 강할수록, 합격자 명단에 자기 이름이 없었을 때를 상상만 해도 가슴이 미어지기 때문이다.

'만약에 불합격이라면 어쩌지, 결과를 보는 건 될 수 있는 대로 나중으로 미룰까…….'

'공포의 발표일이 기어이 와버렸네. 어제는 한숨도 못 잤는데. 잠을 자면 불합격 꿈을 꿀 것 같아서 무서워서 잠을 잘 수가 있어야지. 만약 그런 꿈을 꿨다간 아예 돌아버릴 거야…… 아무쪼록 합격했어야 하는데…… 근데 애당초 합격은 물 건너갔을지도 몰라, 그 문제랑 그 문제는 완전히 틀렸잖아. 정답 맞춰보는 거 하지 말았어야 했는데. 불합격이면 어쩌지…….'

아침부터 이런 생각만 반복하고 있던 나는 차분히 집에서 시간이 될 때까지 기다리고 있을 수도 없었다.

'한시라도 빨리 결과를 알아야지, 이러다간 숨 넘어가겠네…….'

나는 합격자 발표 예정 시간보다 삼십 분이나 빨리 발표장에 도착했다. 이미 그곳에는 몇몇 수험생이 삼삼오오 모여서 이야기를 나누고 있었다.

"결국 공포의 발표 날이 오고 말았네요."

"정말이에요."

"오늘은 아침부터 안절부절못하고 있었어요."

"저도 마찬가지예요."

"여기 오는 거 벌써 세번째라 이걸로 끝내고 싶거든요."

"그 정도 가지고 그런 말 하면 제가 섭섭하죠. 난 다섯 번이나

왔는데.”

“아이구, 그러셨군요. 몰라뵈어서 죄송해요.”

“두번째부터는 매년 여기서 제 번호를 확인할 수 있었는데 항상 논술에서 망했어요.”

“그래도 매년 객관식 시험에 합격했다는 것만으로도 대단하네요.”

“정말 대단해요. 전 아직 한 번도 합격한 적이 없어요.”

“그것만으로도 정말 굉장한 거예요. 올해 만약 제가 불합격이면, 객관식 시험을 보는 요령 좀 가르쳐주지 않을래요?”

“그건 저도 부탁드려요.”

‘아이고, 몇 년씩 여길 오다니, 등골이 오싹하네. 첫 시험이라는 얘기는 꺼내지도 못하겠어. 나 같은 초짜는 명함도 못 내밀겠네.’

나는 누구와도 어울리지 않고 합격자의 수험번호와 이름을 쓴 종이가 붙여질 정문 앞에 서서 발표를 기다리고 있었다. 그리고 가방 안에 있던 수험표를 꺼냈다. 우편엽서 뒷면에 수험번호와 수험생 이름이 씌어 있는 것이다. 나는 시험을 본 다음 이 수험표의 여백에 ‘합격’이라는 글자를 연필로 써 넣었다. 그리고 발표가 있을 오늘까지 부적과 함께 책상 위에 소중히 놔두었다.

불안한 마음에 수험표를 쥐고 있는 손에서 땀이 났다.

발표 시간 정각이 되자 담당자가 간판 같은 것을 들고 나왔다. 그리고는 그것을 정문 앞에 내걸었다. 수험생들이 앞 다퉈가며 간판 앞으로 모여들어 서로 먼저 보겠다고 밀고 당겼다.

—1935번.

나는 내 수험번호를 찾고 있었다. 아무리 봐도 찾을 수가 없었다. 그러나 그건 당연한 일이었다. 스이타(吹田) 지역의 수험생은 1900여 명으로 내 수험번호는 1935번이니까 수험번호 중에서는 거의 마지막 번호에 가까울 텐데 제일 앞 번호부터 찾기 시작했던 것이다. 눈으로 번호를 읽어가면서 이제 합격자 번호가 얼마 남지 않았다는 것을 알게 되었다. 힘이 빠지기 시작했다. 이 일을 어쩌나…… 내 이름은 아예 없을지도 몰라…… 처음부터 없었는지도…… 그때 내 눈에 들어온 그렇게도 찾고 있던 번호.

'있다, 있어, 있었어, 내 번호 1935번…….'

제일 마지막에 있던 내 번호를 겨우 찾아냈다. 합격자 중 제일 마지막 합격자였다. 다시 한 번 내 손에 있는 수험표의 번호를 확인해보았다.

'해냈어, 내가 해낸 거야, 합격이라고…….'

나는 사람들 틈을 겨우 빠져나와 공중전화로 향했다. 그리고 제일 먼저 부모님께 전화를 걸었다. 엄마가 받으셨다.

"엄마, 있었어."

큰 소리로 이 한마디를 외쳤다.

"뭐라구?"

"있었어, 있었다고."

"밋짱?"

"있었어, 있었다니까. 내 이름이……."

나는 너무도 기뻐서 다른 말은 나오지도 않았다. 겨우 합격을 알리는 전화라는 걸 안 엄마는,

"정말이니? 정말이야?"

목이 메어 이 말밖엔 못 하며 울기 시작했다.

"아빠한테도 합격했다고 말해줘."

그러고는 곧바로 오히라 아저씨께 전화를 걸었다.

"아저씨, 저 합격했어요……."

"정말이야?"

"응, 정말이에요."

"장하다. 빨리 와. 다들 모여서 기다리고 있어. 배고프지? 밥 먹게 빨리 와."

"네, 금방 갈게요."

그날 저녁, 아저씨와 함께 나를 응원해주시는 분들이 모여 2차 시험 합격 축하 파티를 열어주셨다.

시험장에서 포기하지 않고 마지막까지 열심히 문제를 푼 건 정말로 잘한 일이라는 생각이 들었다.

'논술 시험까지 이제 2개월밖에 안 남았네. 다시 열심히 해야지.'

나는 더욱더 공부에 전념했다. 잘 모르겠느니 이해가 잘 안 되

니 하며 짜증을 부릴 시간도, 힘들다고 푸념을 하며 백화점을 기웃거릴 시간도 없었다.

두번째 난관—한여름의 논술 시험

7월에 논술 시험을 봤다. 객관식 시험을 간사이 대학에서 본 사람도, 논술 시험은 교토 대학에서 치르게 되어 있었다. 한여름에 사흘 동안 치러질 이 시험은 공교롭게도 기온(祇園. 야사카신사축제[八坂神社祭り]: 869년 역병을 몰고 오는 잡귀를 잠재우기 위해 시작된 것이 기원으로 교토 3대 축제인 동시에 일본 3대 축제의 하나이다) 축제 기간과 맞물려 거리는 온통 축제 분위기로 휩싸이고 시험을 논할 분위기가 아닌 상황이었다. 남녀노소 할 것 없이 거리에는 시원한 유카타 차림을 한 사람들로 가득했다. 그런데, 나와 같은 수험생들은 모두가 얼굴이 누렇게 떠 있는 데다가 초라하기 짝이 없는 차림으로 축제의 분위기와는 조화될 수 없는 분위기를 자아내고 있었다.

'올해 꼭 합격해서 내년에야말로 나도 유카타를 예쁘게 차려 입고 저 사람들처럼 걸어봐야지.'

수험생 모두가 이구동성으로 이런 이야기들을 주고받고 있었다.

시험 첫째 날, 일찌감치 시험장인 교토 대학으로 갔다. 시험장인 교실에는 좌석마다 순서대로 번호가 매겨져 있었다. 난 시계탑 건물의 대강의실에서 시험을 치르게 되었다. 학원에서 같이 공부하던 수험생이 교실이 어디냐고 물었다.

"잘은 모르지만 큰 교실인가봐."

"꺄악, 최악이야, 아이고 불쌍해라, 왜 하필 거기야, 조심해."

갑자기 동정 어린 표정이 되면서 걱정해주었다.

'뭐가 최악이란 말이지? 어떤 교실에서 시험을 보느냐가 뭐 그리 중요한 문젠데?'

우연히도 옆에 앉은 사람이 좀 특이한 사람이라, 혼자서 계속 혼잣말로 중얼거리며 문제를 풀거나, 다리를 계속 떨고 있거나 하면 집중이 안 되서 곤란해진다는 건 알겠지만. 교실이 어디라는 게 그렇게 문제가 된다는 건 상상조차 하지 못했다.

그러나 대강의실에 발을 들여놓는 순간 나도 모르게 '꺄악'의 의미를 실감하게 되었다. 여기는 냉방이 들어오지 않는 찜통 교실이었던 것이다.

거기다가 강렬한 햇볕을 가리기 위해 검고 두꺼운 천으로 창문까지 가려두고 있었다. 그날, 밖은 사람의 체온보다도 높은 38도나 되는 온도를 기록하고 있었고, 교실 안은 지옥을 방불케 하는 더위로 숨이 막힐 지경이었다. 사우나에 가깝다는 느낌이 들었다. 같은 시험장이라 해도 작은 교실은 비교적 시원하기 때문에 수험경험이 많은 수험생들은 대강의실에서 시험을 보게 될까봐 미리 계산을 해서 원서를 제출할 정도라는 것이었다.

'진짜 더운 정도가 아니네. 얼음주머니라도 가지고 올걸 그랬나…… 아, 차가운 빙수 먹고 싶다…….'

주위를 살펴보니 세숫대야를 가지고 있는 수험생이 있었다.

'저 세숫대야는 뭐에 쓰려고 가지고 왔지?'

이상하게 여기며 보고 있으려니까, 그 남자는 세숫대야에 물을 담고 자기 발을 담그고 있었다.

'우와, 한 수 위네, 아주 이골이 나셨군. 그렇담 매년 객관식 시험엔 합격을 했단 얘긴데, 대단해! 저절로 머리가 숙여지네!'

난 뜻밖의 수험생에게서 감동받고 있었다.

그날의 시험 과목은 오전은 헌법, 오후부터 민법과 상법이었다.

내 자리는 대강의실의 뒤쪽이었다. 문제지는 제일 앞자리 책상 위에 뒤집은 채로 놓여 있었다. 시작을 알리는 종소리와 함께 앞에 앉은 수험생이 자기 것을 갖고 남은 걸 뒷자리의 수험생에게 넘겨주었다. 문제지를 받은 수험생은 즉시 문제를 읽기 시작하는 거였다. 그러니까, 문제지가 모든 수험생에게 전달된 다음에 '자, 지금부터 시작!'이 아니었다.

'아니, 이게 뭐야. 앞에 앉은 사람이 유리하잖아. 빨리빨리 문제지를 뒤로 넘겨달라고.'

오전의 헌법 문제는, 그래도 어느 정도는 잘 풀었다는 생각이 들었다. 첫번째 시간이라 그래도 머리 회전이 좋았던 모양이다. 그런데, 오후부터는 머리가 거의 돌아가지 않았다. 오후 첫 시간은 민법시험이었다.

오전처럼 앞에서부터 문제지가 뒤로 전달되어 왔다. 먼저 문제의 내용을 읽은 수험생들이 여기저기서 당황한 듯 한숨을 쉬고 있었다.

"앗? 뭐야?"

아직 문제지도 받지 못한 뒷자리에 앉은 수험생들의 심리적 불안은 이루 말로 표현할 수 없을 정도였다.

'도대체 어떤 문제가 나왔기에 다들 저렇게 동요하는 걸까? 정말 피가 바짝바짝 마르네.'

손에 땀을 쥐며 문제지가 오는 걸 기다리고 있었다.

겨우 문제지가 내게도 왔다. 즉시 문제를 읽어보았다. 두 문제 중 한 문제는 정말로 '이건 또 뭐야?' 싶은 문제였다.

'정말 큰일났네. 이런 건 지금까지 생각도 못 해봤는데. 뭘 어떻게 쓰란 말이야…….'

머릿속이 그저 하얗게 백지로 변해가고 있다는 게 느껴졌다.

그 순간 갑자기 아빠의 얼굴이 떠올랐다.

'그래. 아빠는 병마와 싸우고 계시는데, 포기해선 안 돼. 여기서 좌절해버리면 아빠를 볼 면목이 없어. 아저씨도 이 세상에 불가능한 일이란 없다고 하셨어.'

이런 생각을 하며 마음을 다잡고 다시 한 번 답안용지와 머리를 맞대고 쓸 수 있는 문제부터 써내려가기 시작했다.

시간을 보니, 한 시간이 남아 있었다. 문제만 다섯 번 정도를 읽어본 후 답안을 구성해보았으나 이 문제는 전혀 쓸 수가 없었다.

그래도 문제의 설문과 씨름을 하고 있는 동안 뭔가가 겨우 떠오르기 시작했다. 그 순간 시계를 보니 이미 40분이나 시간이 지나 있었다.

'우와, 이제 이십 분밖에 남지 않았어!'

시간에 쫓기며 신들린 듯 썼다. 나는 만년필을 사용하고 있었는데 손에서 나는 땀에다 이마에서 뚝뚝 떨어지는 땀이 범벅이 되어 답안용지 위의 글씨가 번졌다. 그뿐만 아니라 눈물까지도 한몫하여 답안용지는 엉망진창이 되어버렸다.

'다 썼어!'

그래도 남은 시간 내에 답안을 쓴 나는 안도의 한숨을 내쉬었다.

'아, 이제 한 과목 남았어…….'

그날의 마지막 과목은 상법. 그때 실내 온도는 40도 가까이 올라가 있었다. 닦아도 닦아도 땀이 흘러내렸다. 문제를 받아 읽어보니 한 문제는 학원의 모의시험에서 자주 출제되던 문제였고 또 한 문제는 상법 총론에서 출제된 것이었다. 총론은 사법고시 수험생들이 비교적 소홀히 하고 있는 분야이다. 나는 법무사 시험공부를 할 때 지겨울 정도로 상법 총론을 공부했기 때문에 사법고시를 준비할 때는 특별히 공부를 하지는 않았지만, 다른 수험생에 비하면 훨씬 더 유리한 입장이었다.

'그래, 여기서 점수를 벌어둬야지…….'

나는 기본적인 것을 빠짐없이 기술했다.

첫째 날의 시험은 이걸로 끝났다.

'이런 게 앞으로 이틀이나 계속된다니…….'

집으로 돌아오는 전차 안에서 나는 밀려오는 피로감을 이기지 못하고 완전히 곯아떨어져 종점인 우메다(梅田) 역에서 역무원 아저씨가 깨울 때까지 세상 모르고 잤다.

시험 이틀째, 오전에는 형법, 오후에는 법률 선택과목 시험이 있는 날이다. 선택과목으로는 국제사법을 선택했다.

나는 오전에 치른 형법 시험에서 어이없는 실수를 했다는 걸 점심시간이 되어서야 비로소 깨닫게 되었다. 식당에서 밥을 먹고 있는데 옆에 앉은 수험생들이 어떤 식으로 답안을 작성했는지에 대해 이야기를 나누고 있었다.

나는 그런 얘기를 듣고 싶지 않아 일부러 함께 밥을 먹고 있던 수험생과 기온 축제에 대한 얘기를 시작했지만, 안 들으려고 하면 할수록 더욱 크게 들리는 법인지 그들의 목소리가 귓속에 꽂히듯 생생하게 들려왔다.

"아까 나온 문제 중에 사례 문제 그거 사기죄 성립이지?"

"그럼, 당연하지."

"의외로 함정이 없는 간단한 문제였어."

"다른 때보다는 그래도 한결 수월한 문제였지?"

"이렇게 쉬운 문제를 못 푼 사람은 없을 거야."

"이거, 몰라뵈어서 죄송합니다, 모의시험에서 성적우수자 명단에 이름을 매번 올리시는 분은 역시 다르다니까."

"뭘 그런 걸 가지고, 과찬이십니다."

나는 그 자리에서 완전히 얼어버리고 말았다.

'사, 사기죄, 성립이라고?'

난 아무런 의심도 없이 당당하게 "성립하지 않는다"라고 썼다.

'아이고, 완전히 망해버렸네. 이를 어쩌지?'

아무리 후회를 해도 이미 지난 일이었다.

'그래 다음 과목에서 점수를 만회하는 거야, 여자가 칼을 뽑았으면 두부라도 썰어야지!'

다음 과목 문제가 간단한 문제이기를 기도했지만 세상이 그렇게 만만하게 돌아가는 것만은 아니었다.

다음 국제사법 문제도, 뭘 물어보고 싶은 것인지 문제의 의도조차 파악하기도 어려운 문제가 나왔다. 물론 이건 내가 실력이 없는 탓에 헤매고 있는 거였지만 한숨만 나왔다.

'이런 상태인데 내일 시험은 포기해버릴까? 시험을 본다고 해서 가능성도 없을 거 같은데 말이야…….'

한껏 기가 죽어 포기하고 싶은 생각만 머릿속을 맴돌고 있었다.

나는 이런 부정적인 생각을 날려버리려고 있는 힘을 다해 머릿속에 —합격이라는 글자를 새겨보며 다시 답안지와 씨름을 시작하였다.

셋째 날에는 마지막 과목인 민사소송법을 봤다. 이게 마지막 시험이라 생각하니 전날 저지른 실수가 떠올라 더욱더 긴장이 되었다. 문제는 두 문제 모두 지극히 기본적인 내용을 묻는 것이었다. 이런 문제는 더 세심하게 신경을 써서 풀지 않으면 안 되는 문제이다. 잘 풀었다고 안심하고 있다가는 다른 수험생들도 마찬가지이기 때문에 자기가 생각했던 만큼 점수를 딸 수 없는 경우가 많기 때문이다. 나는 신중히 답안을 구성하고 하나하나 빈틈없이 논증해나갔다.

길고 긴 사흘간의 대장정이 막을 내렸다.

'아, 어쨌든 끝났구나. 아니, 어쩌다 보니 정말 끝나버렸네, 형법에서 완전히 죽을 쒀버렸는데, 모르는 것도 아니면서 멍청하게 왜 그런 답안을 작성했을까? 정말 한심해. 내일부터 어떡하지…….'

논문 시험에서 발표까지는 약 두 달간의 공백이 있다. 그동안 어떻게 지내야 할지 고민이 되었다. 5월에 객관식 시험에서 떨어진 수험생들은 이미 내년 준비를 시작한 상태였다. 그리고 논문 시험에서 완전히 가망이 없다고 생각되는 수험생은 빨리 내년 준비를 시작하지 않으면 안 된다.

그러나, 합격 여부가 확실치 않은 대부분의 수험생들은 뭘 공부해야 좋을지 몰라 애를 먹게 된다. 만약 합격했을 거라고 생각되면 10월에 있을 구술 시험 공부를 하지 않으면 안 될 테고, 논문에서 완전히 망했다고 생각되면 내년을 위한 준비를 해야 한다. 구술 시험 공부는 객관식이나 논문 시험과는 공부하는 방법이 다르기 때문에 이 공백 기간을 어떻게 지내야 할지 결정하기는 그리 쉬운 문제가 아니다. 수험생 중에는 이 기간을 여름방학이라 명명해버리고 마음껏 쉬는 사람도 있다.

하지만, 무슨 일이 있어도 합격하겠다고 결심한 내가 그럴 수는 없는 노릇이었다. 하루만 쉬고 다음날부터 구술 시험 준비를 시작했다.

드디어 난관 돌파

시험이 끝나고 몇 주가 흘렀다. 나는 다니던 학원에 가보았다. 내년을 위한 객관식 시험 강의가 진행되고 있었다. 자습실에 들어가보니 함께 강의를 듣던 수험생들 몇 명이 모여 각자가 작성했던 논술 시험 답안을 서로 교환하고 있었다. 나는 다른 수험생들이 어떤 답안을 작성했는지 신경이 쓰였기 때문에 그걸 받았다. 집에 돌아와 읽어본 순간 식은땀이 줄줄 흘러내렸다.

'아이고, 이건 도대체 뭐야……? 내 답안 내용하고는 전혀 다르잖아…… 나도 이렇게 써야 됐나봐…….'

답안 같은 거 받아오지 말걸 그랬다. 그러나 이미 후회를 해도 늦은 일이었다. 봐버리기까지 했는데 이제 와서 안 본 일로 할 수도 없는 노릇이다. 땅속으로 꺼져 들어가는 느낌이 들었다. 구술시험 공부에도 집중할 수 없게 되어 안절부절못하고 있는데 아저씨가 전화를 주셨다.

"발표까지 얼마 안 남았구나?"

"……."

"왜 그러니, 무슨 일이라도 있었어?"

"끝장이에요……."

"무슨 말이야, 뭐가 끝장인데?"

"시험, 떨어졌어요."

"어떻게 그걸 벌써 알았니?"

"발표 안 봐도 알아요."

"어떻게 넌 발표도 안 보고 안단 말이냐?"

나는 시험에 떨어졌다고 생각하는 이유를 설명했다. 그랬더니 아저씨는,

"그렇지만, 정식으로 발표가 있었던 건 아니잖아?"

"네."

"그럼 아직 확실한 결과는 모르는 거잖니."

"결과를 안 거나 다름없어요. 걔네들은 언제든지 모의시험에서 성적우수자로 뽑혔고, 올해 합격 유망주로 꼽히고 있는 수험생이란 말이에요."

"잘은 몰라도 사법고시는 여러 학설에 따라 답안을 작성해도 되는 거 아니었어?"

"그런 건 나도 알아요. 제 말은 그런 게 아니에요. 문제가 의도하는 걸 파악해서 답을 쓰지 않으면 안 되는데 그 포인트가 걔네들과는 전혀 다르다는 거예요."

"……."

"이젠 틀렸어요……."

"그런 말 하지 말고 발표까지 잠자코 기다려."

"아저씨처럼 그렇게 태평할 수 없다고요……."

내가 걱정이 돼서 일부러 전화를 해주셨는데 또 화풀이를 해버렸다. 제 버릇 개 못 준다고 몇 년이 지나도 나쁜 버릇이 고쳐지지 않았다.

그런 나를 달래듯 아저씨는 말씀하셨다.

"차분하게 잘 생각해봐라."

"……."

"그 사람들은 언제부터 성적우수자였니?"

"언제부터? 아마 잘은 몰라도 이삼 년 전부터일 거예요."

"그렇다면 왜 그 수험생들은 이삼 년이나 힘든 공부를 계속 질질 끌고 있지? 그 당시에 이미 합격하지 못하고 말이다."

"……."

"그 수험생들 답안하고 네가 쓴 게 다르면 달랐지, 왜 일방적으로 네 답이 틀렸다고 하는지 모르겠다. 왜 너만 불합격이라 예단하며 시간을 낭비하고 있는지도……."

"……."

"그리고 오늘 같은 일은 부모님껜 말하는 거 아니야."

"네…… 알았어요. 죄송해요, 아저씨."

'뚜껑을 열어보지 않으면 모르는 건데, 아저씨 말씀이 맞을지도 몰라, 포기하지 말고 기다려봐야지…….'

나는 발표가 있는 날까지 구술 시험 공부에 전념하기로 마음먹었다.

논술 시험 결과 발표는 9월 하순에 있다. 교토 대학에서 시험을 본 사람은 교토지방검찰청 게시판에 합격자 명단이 발표된다. 게시판은 유리상자 같은 것으로 앞면은 유리이고 뒷면은 미닫이문으로 되어 있는 관공서 같은 데서 흔히 볼 수 있는 게시판이었다. 나는 발표 시간보다 한 시간이나 빨리 도착했다. 그런데도 이미 몇 명의 수험생들이 와 있었다. 나는 미리 게시판 쪽으로 가서, 합격자 명단이 붙여질 곳에 자리를 잡고 섰다. 점점 내 주위로 발표를 보러 온 사람들이 모여들기 시작했다. 보슬비가 내리던 그날, 게시판 앞에는 알록달록한 우산들이 마치 꽃처럼 피어 있었다.

'제발 1935번이 있기를…….'

수험표를 손에 쥐고 발표가 있기만을 기다렸다.

2차 객관식 시험을 간사이 대학에서 치른 수험생은 '스이타'란에 번호가 있을 것이고, 그 밑의 '교토'란에는 객관식 시험도 논술 시험도 교토 대학에서 치른 수험생이 표시될 것이다. 객관식 시험 결과 발표 때는, 제일 마지막에 내 번호가 있었는데, 만약 이번에도 합격이라면 '교토'라는 글자 바로 위에 내 번호가 있을 것이다. 나는 객관식 시험 발표 때 제일 앞 번호부터 내 번호를 찾아 내려가며 피를 말린 적이 있어서 이번에는 번호가 있을 법한 자리부터 보기로 했다.

1분 전, 담당자가 한 장짜리 종이를 팔랑거리며 안에서 나오는 게 보였다. 쓰고 있던 우산을 접고 종이가 붙기만을 기다렸다. 보슬비가 얼굴을 촉촉하게 적셨다.

'드디어 기다리던 발표구나…… 먼저 교토라는 글자를 찾아야지…….'

심장의 고동이 한층 더 빨라지기 시작했다. 담당자는 게시판 뒤로 가더니 미닫이문을 열고 그 안에 종이를 붙였다. 그 순간 모든 수험생의 시선이 그 종이로 쏠리면서, 그와 동시에 뒤에 서 있던 수험생들이 서로 먼저 보겠다며 앞으로 앞으로 밀고 나오는 것이었다. 맨 앞에 있던 나는 유리문에 밀착되지 않으려고 안간힘을 쓰며 버티고 있었지만 결국은 힘에 밀려 눈 깜짝할 새에 유리문에 오른쪽 볼이 완전히 눌려 조금도 움직일 수 없게 되어버렸다.

그러나 여기서 포기할 내가 아니었다. 난 곁눈질을 해가며 글자를 읽기 시작했다. 그리고 '교토'라는 글자를 발견했다. 그와 동시에 나는,

—1935번

이라는 숫자를 찾아냈다. 또 한 번 확인을 해봤다.

—스이타 1935번

'있어, 정말 있어.'

나는 질서니 양보니 배려니 하는 것들이 한순간에 사라져버린 게시판 앞을 겨우 빠져나와 검찰청 안으로 뛰어 들어갔다.

"아저씨, 공중전화 좀 써도 될까요?"

수위 아저씨는 친절하게 공중전화가 있는 곳으로 안내해주셨다.

나는 수화기를 손에 들고 10엔짜리 동전 두 개를 서둘러 넣고는 떨리는 손으로 버튼을 눌렀다.

“여보세요.”

엄마가 받았다.

“엄마, 있었어, 있었다고.”

“뭐라고?”

“합격이라고, 합격.”

“정말이야?”

“정말이야…….”

“정말이지?”

“정말이야, 나도 믿어지지 않지만 정말이야, 엄마.”

“장하다, 장해.”

엄마는 기쁜 나머지 그 이상 아무 말도 못 하고 또 울먹이기 시작했다.

“아빠한테 말해둬. 일단 집으로 갈 테니까.”

전화를 끊고 곧바로 오히라 아저씨께 전화를 걸었다.

“아저씨, 있었어요. 번호가 있었다고요. 합격했어요…….”

“정말이냐? 정말이야……?”

“정말이에요.”

“아빠 엄마께 알려드렸니?”

"네, 방금 전화했어요."

"뭐라고 하시던?"

"응…… 그러니까……."

나도 목이 메어 더 이상 아무 말도 나오지 않았다.

"기뻐하셨겠지, 빨리 가서 얼굴 보여드려라."

"네, 바로 갈 거예요."

"정말 장하다, 축하한다. 다른 사람들한테는 내가 연락해둘 거니까……."

이렇게 말씀하시며 정말로 기뻐해주셨다.

전화를 끊고 수위 아저씨께 고맙다는 인사를 드렸더니, 수위 아저씨는

"축하합니다. 정말 축하해요."

자기 일처럼 기뻐해주셨다. 나도 말할 수 없이 기뻤다.

수위 아저씨께 고맙다는 말을 남기고 발표장을 뒤로했다.

구술 시험까지는 겨우 이 주일밖에 남지 않았다. 구술 시험에서는 대부분의 수험생이 합격하고 불합격은 약 10퍼센트 정도밖에 되지 않는다. 그리고 만약 불합격이더라도 다음 해 한 해만은 객관식, 주관식 시험이 모두 면제된다.

'이제 조금만 참으면 돼. 여기까지 왔는데 합격을 안 할 수 없지. 구술 시험이니까 웃는 얼굴도 중요할 거야…… 하지만 너무

헤헤거려도 안 될 테고…… 표정 관리도 정말 어려운데…….'

구술 시험에서도 역시 답변 내용이 제일 중요하다는 것은 알고 있었지만, 좋은 인상을 주는 것도 필요하다는 생각에 이런저런 생각들을 하게 됐다.

2차, 3차 시험과는 달리, 이번에는 구두로 답변을 해야 하기 때문에 머리로는 이해를 하고 종이에 답변을 적을 수 있다 하더라도, 구두로 설명하지 못하면 아무 의미가 없는 것이다. 나는 내가 시험관이 됐다고 치고 나에게 질문을 하고 그것에 답하는 연습을 반복했다. 저녁식사를 준비하기 위해 가까운 마트에 가서 반찬거리를 사고 있을 때도, 혼자서 중얼중얼 구술 시험 연습을 하고 있었다. 그런 내 모습을 지켜보고 있던 마트에서 일하는 아는 언니가 심상치 않은 모습에 걱정이 됐는지 내게 다가와 일부러 인사를 건네며 아는 척을 했다.

"으악, 깜짝 놀랐잖아?"

"놀란 건 내 쪽이라고. 뭘 그렇게 혼자서 중얼거리고 있었던 거야?"

"으응, 그거 좀 말 못 할 사정이 있어서 그래. 헤헤헤."

"말 못 할 사정?"

"별거 아니야. 걱정하지 마."

"그래, 그렇다면 다행이지만……."

"괜찮다니까 그러네."

설명 치고는 꽤 궁색한, 알 수 없는 말을 했으니 그 언니도 날 이상하다고 여기고 있을지 몰라…….

나의 명예를 걸고 말해두지만, 나뿐만 아니라 마트에서 뭔가 중얼거리는 사람이 없는 건 아니다. 예를 들면 세일 품목 코너에서,

"아니, 카레 루가 168엔이라니? 이거 너무 싸잖아. 냉장고에 양파랑 감자도 있겠다, 고기는 냉동해둔 게 있으니까 오늘 메뉴는 카레로 해야지. 아이고, 이건 또 뭐야? 시금치 한 단에 98엔이라니. 이것도 사두지 않으면 손해지. 야채 샐러드 대신 시금치나물이나 할까……."

사실, 이 정도의 혼잣말은 나도 평소에 하고 다녔지만 아무도 신경을 쓰는 사람은 없었다.

그렇지만, 정육 코너 앞에서 팩에 들어 있는 고기를 손에 든 채,

"간접정범(間接正犯)의 정의를 말하시오. 네, 간접정범이란, 이용자가 피이용자를 도구와 같이 이용하여 범죄를 실행하는 것을 말합니다. 됐어요. 그럼 간접정범과 관련해서는 어떤 쟁점이 있나요? 네, 실행착수 시기가 쟁점이 되고 있습니다."

누가 마트에서 이런 말을 중얼거리고 있다면 정말 머리가 돌아버린 건 아닌가 하고 의심하고 싶어질거다.

'역시 완전히 돌았다고 생각하겠지? 정말 그럴지도 몰라. 이젠 밖에서 중얼거리지 말아야지…….'

드디어 10월이 되어, 도쿄 법무종합연구소 미슈쿠료(三宿寮)에서 구술 시험을 치르게 되었다. 수험생마다 각각 지정된 날짜에 지정된 과목을 치르게 되어 있었다. 나의 첫날 과목은 민법이었다. 시험관은 주임과 부주임이 한 조이고, 주임이 중심이 되어 수험생에게 여러 가지 질문을 하게 되어 있다.

"연금이란 뭐죠?"

"엣, 연금 말인가요?"

"그래요, 연금 말입니다."

'이것도 민법 시험문제가 맞나? 왜 갑자기 연금에 대해서 물어보는 거야?'

"네…… 그건 전쟁에 참가했던 사람들이 받기도 하는 것입니다."

말도 안 되는 답변을 했더니, 시험관은 다음 질문을 했다.

"좋아요. 그럼 연금을 담보로 돈을 빌리거나, 채권자가 압류를 하거나 할 수가 있습니까?"

'아아, 이런 거라면 내가 알지. 연금은 압류금지 채권이었어…….'

나는 자신 있게 "할 수 없습니다"라고 대답했다. 그랬더니,

"그럼, 다음 달에는 연금을 탈 수 있지만, 이번 달에 쓸 생활비가 딱 떨어졌을 때는 어떻게 하면 되나요?"

"그러니까…… 그게……."

"어떻게 하면 되죠?"

"그러니까 그렇다면, 돈을…… 돈을 빌리지 않으면 안 됩니다."

"그런데 담보가 없으면 빌려주지 않을 텐데…… 게다가 연금 외에는 딱히 담보로 할 만한 게 아무것도 없는 경우에는 어떻게 하면 되죠?"

'아이고, 어쩌나, 그럴싸한 대답이 떠오르질 않는데. 그렇다고 아무 대답도 안 하고 그냥 있으면 이걸로 끝장이야. 어떻게 해서든 답변을 멈춰서는 안 되는데.'

"네, 돈이 없으면 아무것도 살 수 없고…… 정말로 곤란해집니다…… 네……."

"그래요. 곤란하겠죠. 그렇다면 당신이라면 어떻게 하겠습니까?"

"담보가 없어도 빌려달라고 끈질기게 교섭을 하겠습니다."

"아하하, 그것도 하나의 방법이라고 생각됩니다만, 좀더 법률적인 방법은 없나요?"

'법률가를 뽑는 시험에서 실제 생활에서 어떻게 할 건지를 대답하는 멍청한 수험생을 상대해야 하는 시험관들도 참 고생이 많겠어…… 근데 내 처지에 남 걱정할 때가 아니지…… 그렇지만 법률적이라고? 정말 모르겠는걸…….'

"돈이 없으면 밥도 먹을 수가 없고…… 아…… 그러니까…… 그게…… 아…… 음……."

일본의 역대 수상 중에 '아…… 음……'이라고 하며, 이 말을 하고 있는 동안 시간을 벌면서 답변할 내용을 머릿속으로 생각한다는 분이 계셨지만, 그 흉내를 내본들 애당초 아는 게 없는데 떠오르는 게 있을 리가 없었다. 이 이상 정답을 기다려봤자 무리라고 생각했던 시험관은 힌트를 내주었다.

"'대리수령'이라는 말을 들어본 적이 있습니까?"

그러나 '대리수령'이란 말은 지금까지 들어본 적도 없었다. 말뜻만은 대충 알 것도 같았지만, 여기서 어설프게 아는 척을 하며 이상한 대답을 했다간 무덤을 파는 결과를 초래하게 될 거다. 나는 솔직하게 "들어본 적이 없습니다"라고 대답했다. 그랬더니 시험관은 자세히 설명을 해주었다. 그리고,

"이걸 계기로 '대리수령'의 의미를 알아두도록 하세요."

이 말을 덧붙였다.

첫날은 이렇게 맥없이 끝나버렸다. 시간으로 따지자면 약 15분 정도였다. 10월도 중순이 되어 시원한 바람이 불고 있었지만 나는 땀으로 범벅이 되어버렸다.

'아, 이제 어쩌나. 첫날부터 이런 식으로 나가다간 싹수가 노랗네……, 공부한 건 하나도 안 나오잖아? 그렇게 열심히 연습했는데…… 다른 과목도 다 그럴 거 아니야, 앞으로 닷새나 이런 게 반복된다니…… 정말 완전히 미쳐버리겠네.'

아니나 다를까, 다른 과목들도 역시 마찬가지로 진땀만 흘린 채

구술 시험은 끝이 났다.

최종 합격발표는 10월 28일, 도쿄 가스미가세키(霞が關)에 있는 법무성(法務省) 게시판에 합격자 명단이 나붙는다. 도쿄까지 보러 갈 수가 없어서 구술 시험을 볼 때 결과는 전보로 알려달라고 부탁해두었다. 5시……, 10분, 15분, 20분…… 피가 마르는 심정인데 전보가 오지 않았다. 그때 현관 벨이 울렸다.

'드디어 왔구나, 왔어…….'

전보가 왔다는 생각에 얼른 문을 열어보니 물건을 팔러 온 세일즈맨이었다.

"필요 없어요. 안녕히 가세요."

난 서둘러 문을 닫아버렸다. 안절부절못하고 있다가, 더 이상은 기다릴 수가 없어, 전보를 의뢰했던 곳에 전화를 걸었다.

"저, 오늘 사법고시 합격자 발표 날이잖아요?"

"네, 그런데요."

"전 전보를 부탁드렸던 사람인데요."

"네 그러세요?"

"아직 도착하지 않아서요."

"아, 그건 일곱 시경까지는 도착할 것 같은데요……."

"일, 일곱 시라고요? 그때까지 기다리지 않으면 안 되는 건가요?"

"알겠습니다. 명단을 찾아볼 테니까 수험번호를 알려주시겠어요?"

"595번이에요."

"잠시만 기다려주세요."

귓속으로 잔잔한 오르골 소리가 울려 퍼졌다.

'왜 이렇게 기다리게 하는 거야, 왜 이렇게 느리지? 설마 번호가 없는 건 아닐까, 그래서 대답해주기가 곤란해서 이렇게 시간을 끄는 걸까?'

나쁜 쪽으로만 상상을 하게 되었다. 시간상으로는 1분 정도밖에 기다리지 않았겠지만 그 시간이 너무도 길게 느껴졌다.

"오래 기다리셨습니다. 합격하셨네요."

"정말이에요?"

"네, 축하드립니다."

"정말 감사합니다."

'해냈어, 해냈어. 내가 해냈다고. 그렇지, 아빠한테 전화해야지. 그리고 아저씨한테도…….'

전화를 끊는 순간 즉시 전화벨이 울렸다. 엄마였다.

"밋짱, 무슨 일 있었니? 아까부터 계속 전화를 걸었는데…… 벨은 계속 울리는데 받지를 않아서 이번에도 또 안 받으면 가보려던 참이었어."

내 방 전화에는 캐치폰 기능이 설치되어 있어서 전화를 걸어 온 상대방에게는 통화중이 아니라 전화벨이 계속 울리는 상태로 인식되었을 것이다. 아무리 전화를 해도 받지 않으니 무슨 일이 있다고 생각한 모양이었다.

"엄마, 미안. 도쿄에 전화를 걸었어. 도중에 전화가 걸려왔다는 건 알았지만……."

"도쿄라니?"

"결과 알아보려고. 합격이야, 합격."

"아니, 정말이니? 정말이야……?"

"정말이라니까……."

"잠깐만 기다려. 아빠 바꿀 테니까."

아빠 목소리가 들려왔다.

"밋짱, 정말 해냈구나. 정말 장하다."

"응…… 응……."

"많이 힘들었지? 고생했다."

"응…… 응……."

"아빤 지금 당장 죽어도 여한이 없다."

"무슨 말이야…… 그런 말 하면 안 돼. 앞으로 삼십 년은 더 살아야지."

"그래, 밋짱이 잘사는 거 봐야 하니까 오래 살아야지."

"정말 그 약속 꼬옥 지켜야 돼. 오래오래 살아야 해."

아빠도 엄마도 정말 기뻐해주셨다.

나는 부모님께 합격을 알린 다음, 오히라 아저씨에게 전화를 걸었다.

"아저씨……."

"밋짱, 합격을 축하한다."

"앗! 아직 한마디도 안 했는데, 어떻게 합격한 줄 아셨어요?"

"목소리만 들어도 알지."

"제가 그렇게 단순한 인간인가요?"

"이제 겨우 알았냐? 아하하."

"아저씨……."

"응?"

"지금까지 정말로 고마웠어요.."

"뭐냐, 갑자기 그런 소릴 들으니까 이상하구나. 하던 대로 짜증도 내고 심술도 부리고 분풀이도 하고 그래야지."

'지금까지 공부를 계속할 수 있었던 건 아저씨 덕분이에요…… 그런데도 지금까지 무슨 일만 있으면 아저씨한테 분풀이만 해서 미안해요. 이제부턴 은혜를 갚을게요…….'

"이제부턴 아저씨께도 효도할 거예요……."

"그런 거 필요 없다."

"왜요?"

"아저씨한테는 됐으니까 아빠 엄마에게나 효도하려무나."

"네, 할 거예요."

"아빠도 이제 남은 시간이 별로 없으실 테니까……."

"젊은 사람만큼 빠르지는 않아도 역시 암이 진행되고 있는 것 같아요."

"조금이라도 시간을 내서 얼굴 보여드려라."

"네, 그럴게요."

"엄마는 병간호로 지쳐 계실 테니까, 잘 돌봐드려라."

"네."

아저씨는 언제나 우리 부모님을 걱정해주셨다.

저녁 일곱 시가 지나서야 겨우 전보가 도착했다.

—"합격을 축하합니다." 법무공제회.

9장

후회

아빠의 마지막 부탁

1995년 4월, 사법연수생이 되어, 교토에 배정되었다. 내 나이도 벌써 스물아홉 살이 되었다. 2년 동안의 사법연수도 얼마 남지 않은 1997년 3월 중순경, 아빠는 오히라 아저씨를 꼭 만나고 싶다고 말했다.

"사법연수가 끝나기 전에 오히라 씨와 만나고 싶은데 밋짱이 연락해주겠니?"

"왜 그러는데? 아저씨를 만나고 싶다니…… 뭐 부탁할 일이라도 있어?"

"아니야……."

"그러면 왜 그러는데?"

"오히라 씨에게 무슨 일이 있어도 부탁해두고 싶은 일이 있어서……."

"전화로는 안 되는 거야?"

"직접 만나서 얘기하고 싶어서 그래."

"아빠 병원 알아보는 거라면 걱정 안 해도 돼."

"그런 게 아니야, 병원을 소개해달라는 게 아니라……."

"알았어, 그럼 약속 잡아둘게."

"그땐 밋짱도 같이 와야 해."

아빠가 무슨 말을 하고 싶은지 가늠할 수는 없었지만, 어쨌든 날짜를 정해 오히라 아저씨와 아빠와 엄마 그리고 나를 포함해 넷이서 만나기로 했다. 호텔 안에 있는 일본요리 레스토랑의 별실. 은은하게 들려오는 거문고 연주 소리와 함께 조용히 시간이 흐르고 있었다. 오히라 아저씨와 마주 앉은 아빠는 천천히 이야기를 시작했다.

"오히라 씨, 마지막으로 부탁하고 싶은 게 있어요."

"마지막이라니…… 그런 말씀 마세요, 그렇게 마음 약한 말씀은 하지도 마세요. 기력을 잃으면 안 되죠. 그나저나 부탁이란 게 뭡니까?"

"미쓰요를, 딸로 삼아주시면 안 될까요?"

"아니, 뭐라고요?"

아빠의 갑작스런 얘기에 아저씨도 나도 이만저만 놀란 게 아니었다.

"양녀로 받아주셨으면 합니다."

"양녀라니요…… 귀한 외동딸이 아닙니까? 왜 그런 말씀을……."

"아빠, 별안간 무슨 말을 하는 거야?"

나도 영문을 몰라 물었다.

'아빠는 결국 진심으로 날 용서해준 게 아닌지도 몰라. 내가 딸이란 게 싫은지도 몰라…….'

아빠는 가슴속에 담아두었던 이야기를 털어놓기 시작했다.

"난, 이 아이가 태어났을 때 얼마나 기뻤는지, 정말로 그 기쁨은 말로 표현할 수 없을 정도였지요. 이 세상에 있는 모든 행복을 독차지한 것만 같았죠. 무슨 일이 있어도 이 아이만큼은 행복하게 해주고 싶단 생각에 니시노미야의 에비스 신사(えびす神社)에 가서 '미쓰요'라는 이름을 지어왔습니다. 무슨 일을 겪더라도 이 아이만은 지켜주겠다, 행복하게 해주겠다고 맹세했습니다. 그런데 이 애가 중학교 때, 그런 고통을 당하고 있는데, 전 지켜줄 수가 없었던 겁니다. 지금이라도 이 아이를 지켜주고 싶습니다……."

'아빠…… 아빠…….'

"전 이제 시간이 없습니다. 살아서 이 아이의 앞날을 지켜줄 수가 없습니다. 이렇게 머리를 숙여 부탁을 드리는 것 말고는 할 수 있는 게 제게는 아무것도 없습니다. 애 엄마하고도 의논을 해서 결정한 일입니다."

아빠는 눈물을 흘리며 이런 말을 했다. 엄마도 연신 눈물을 훔치고 있었다.

아빠도 엄마도 내 걱정에 가슴을 조이며 안절부절못하는 듯했다. 변호사가 되더라도 옛날 일들이 알려지면 어떤 형태로든 문제가 생길지도 모를 일이고…… 그런 불길한 일들만 떠올랐던 모양이다.

나는 새삼스레 내 앞에 있는 아빠와 엄마의 딸이라는 걸 실감했다.

부모님의 심정을 이해한 아저씨는,

"그렇게 해서 안심하실 수 있다면, 그리고 밋짱도 그게 좋다면 그렇게 하지요."

나는 서른한 살 때 변호사 배지를 달면서, 아저씨의 양녀가 되었다.

아빠의 죽음

변호사 배지를 달고서 나는 부모님과 함께 동네 사진관에 기념사진을 찍으러 갔다.

기념사진은 제대로 찍어야 한다며, 아빠는 몇 년 만에 양복을 입겠다고 하셨다.

집에 있는 양복들은 모두 아빠가 건강하실 때 입으셨던 거라, 바지도 윗도리도 남의 옷을 빌려 입은 것처럼 헐렁했다. 새로 한 벌 맞춰 입고 사진을 찍는 게 나을 것 같단 생각도 했지만, 언제 용태가 변할지 모르는 상황이라 하루라도 빨리 찍어두기로 했다.

"아빠, 평소에 입는 대로 그냥 입고 찍으면 되잖아."

"안 돼. 평생 남을 건데 그러면 안 되지."

"그렇게 신경 안 써도 되는데……."

"안 돼, 체면이 있지 그럴 순 없어."

"괜찮다니까 그러네."

"밋짱이 못난 부모 때문에 창피를 당해선 안 되니까……."

아빠는 막무가내로 정장만을 고집하셨기 때문에 양복 바지가 흘러내리지 않도록 뭔가 조치를 취하지 않으면 안 되었다. 인공항문을 달고 계셨기 때문에 벨트로 세게 조여둘 수도 없었다. 멜빵도 없었기 때문에 엄마가 기모노를 입을 때 허리에 묶는 끈을 이용해

대충 멜빵을 만들었다.

사진관에서 아빠랑 나랑 한 장, 엄마랑 나랑 한 장 이렇게 찍은 사진을 책처럼 펼쳐 볼 수 있는 액자에 넣어 간직하기로 했다.

부모님은 완성된 사진을 보시며 즐겁게 이야기를 나누셨다.

"이것 좀 보라고. 밋짱 정장 옷깃 쪽에."

"어디? 아이고, 변호사 배지까지 선명하게 잘 나왔네."

"정말 잘 나왔어."

"이런 거 찍길 잘했지?"

"정말 찍어두길 잘했어. 아빠도 이 정도면 왕년의 잘생긴 얼굴이 확실히 나왔잖아?"

"그래, 지금보다 훨씬 잘생겨 보이지?"

"그래요. 지금보다 훨씬. 그런데 이상하게 볼 있는 데가 불룩하잖아, 밋짱 너도 봐봐, 안 그러냐?"

"그러고 보니 좀 이상하네. 아빠, 우리 몰래 사탕이라도 드시고 계셨던 건 아니에요?"

아빠는 암에 걸린 후, 살이 빠지기 시작하더니 그 무렵엔 예전 모습을 찾아보기가 어렵게 되어버렸다. 사진을 찍는다고 생각하니 볼이 움푹 파일 정도로 심하게 야윈 얼굴에 무척 신경이 쓰였는지 아빠는 집을 나서면서 살짝 솜을 준비해두었다가 사진을 찍기 전에 그걸 입에 넣어 양쪽 볼을 볼록하게 만들었던 모양이다. 조금이라도 건강하게 보이려고…….

"이건 내가 무덤에까지 가져갈 사진이니까……."

아빠는 하염없이 사진을 들여다보며 정말로 행복하게 웃었다.

'아빠, 아빠가 이렇게 행복한 표정을 짓는 게 몇 년 만이야? 내가 어릴 때 보고, 그 후로는 못 보던 얼굴인 것 같아.'

아빠는 딸자식 자랑이 너무 심하다고 주위의 빈축을 사가면서도 아랑곳하지 않고, 눈에 넣어도 안 아픈 딸이라며 나를 귀여워해주셨다.

쉬는 날에는 자주 동물원에 데려가주셨다. 다카라즈카 패밀리랜드, 한신파크…….

동물원 우리 앞에서,

"저건 플라밍고라는 거야."

"으응."

"저건 뭐냐 하면 공작이야. 날개를 펼치면 정말로 멋지지."

"공작이라고?"

"어디 잘 보이니?"

"아니…… 키가 작아서 잘 안 보여."

"그래, 그럼 아빠가 잘 보이게 해줄게."

아빠는 어깨에 올려 무등을 태워주셨다. 그러고는 놀다 지친 나를 언제나 업어주셨다. 그때 아빠의 등은 무척이나 넓고 따뜻했다.

변호사가 되고 얼마 안 있어 아빠의 건강은 눈에 보이게 악화되어갔다. 양쪽 다리가 너무 부어 제대로 앉아 있을 수도 없을 정도가 되었다. 때때로 심한 통증이 엄습하고, 이런 상태로는 입원을 해도 좋아질 가능성이 없다는 얘기를 들었다.

나는 시간이 나는 대로 부모님을 뵈러 갔다. 그리고 아빠에게 좋은 건 모두 해드리려고 했다. 암에 좋다는 음식이 있다는 소리를 듣기만 하면 그걸 주문해 보내드리곤 했다.

"아빠, 이 약 정말 잘 듣는데."

"그래 평판이 좋은 걸 보면 좋은 약이겠구나. 고맙다, 고마워."

"등이 아픈 거야?"

"좀 아프구나."

"문지르면 좀 괜찮아질까?"

"그래도 좀 낫지."

나는 이불을 젖히고 아빠를 옆으로 돌아눕게 한 다음 등을 문질러드렸다. 이때 아빠의 체중은 이미 40킬로그램이 채 안 되었다. 뼈와 가죽만 남은 모습에 가슴이 아파왔다.

'아빠, 아빠가 이렇게 되다니…… 미안해, 정말로 미안해, 이건 모두 내 책임이야…….'

뜨거운 눈물이 볼을 타고 흘러내렸다.

'하루라도, 단 하루라도 더 아빠랑 같이 있고 싶으니까 잘 견뎌줘.'

"밋짱, 왜 그러니?"

"응, 아무것도 아니야……."

"밋짱!"

"응?"

"아빠랑 약속해줄래?"

"응, 뭐든지 약속할게."

"사람들 앞에서는 절대로 눈물을 보이거나 약한 모습을 보이지 않겠다고, 알겠니? 밋짱은 이제 어엿한 변호사가 됐으니까 아무리 네가 힘들더라도 눈물을 보여선 안 돼. 너를 찾아오는 사람들은 너보다 더 힘든 사람들일 테니까……."

"응, 알았어. 약속할게. 약속할 테니까 아빠도 오래 살아야 해."

그 후에도 난 틈틈이 시간을 내서 집으로 가보았다. 그 무렵에 아빠는 거의 누워서 지내셨다. 아빠는 내가 온 것을 아시고는 꼭 이렇게 물으셨다.

"어때, 일은 잘하고 있지? 아픈 데는 없지?"

그리고 몸이 좀 괜찮을 때는 아빠의 젊은 시절을 회상하며 이야기를 해주셨다. 어린 시절 놀던 강에 대한 이야기이며, 전쟁 때 죽은 친구에 대한 이야기, 전쟁 후 가난했던 시절의 이야기, 이른 아침에 무덤 근처에 갔을 때 유령 같은 걸 만났던 이야기 들이었다. 어떤 이야기도 내가 어릴 때부터 하도 들어 외울 정도였지만 나는 매번 맞장구를 치며 들었다. 아빠는 옛날 얘기를 할 때면 정말 행복한 표정을 짓기 때문에 난 그런 아빠의 얼굴이 보고 싶었다. 이건 아마 내가 할 수 있는 최선의 효도였던 것 같다.

그러나 이건 효도를 흉내 낸 것에 지나지 않은 것이었다.

아빠는 돌아가시기 전에, 이제 얼마 남지 않았다는 걸 아셨는지 엄마와 나를 머리맡으로 부르셨다.

"아빠는 말이야……, 좋은 마누라하고……, 좋은 딸이 있어서…… 정말로 행복했다, 고맙다……."

다 꺼져가는 목소리로 이렇게 말했다.

이게 내가 들은 아빠의 마지막 말이었다.

나는 그 순간 내가 지금까지 저지른 일에 대해 가슴을 치며 후회했다.

물론 엄마는 아빠에게 좋은 부인이었다. 성격이 까다로운 아빠에게 불평 한마디 없이 병상에 있는 아빠를 혼자서 잘 보살펴드렸다.

그러나 나는 '좋은 딸'이라는 말을 들을 자격이 없다. 미치광이처럼 날뛰고 다닐 때 부모님은 얼마나 애간장이 타들어갔을까…… 얼마나 고통스러웠을까…… 죽어버리고 싶었던 건 내가 아니라 부모님이었을 텐데.

'내가 정신을 차렸다며 그래도 잠시 동안 하고 있었던 건, 효도를 흉내 낸 것에 불과해. 진정한 효도는 쓸데없는 근심을 끼쳐드리지 않는 거야…….'

정말 가슴이 갈기갈기 찢어지는 것 같았다. 정말로 후회했다. 지난 시간을 되돌려 다시 살 수만 있다면 그렇게 하고 싶었다.

'만약 지금 누군가 내 소원을 하나 들어주실 수 있다면, 다시 한 번 중학교 시절로 돌려보내주세요. 그렇게만 해주신다면, 괴롭힘을 당해 참을 수 없는 고통을 겪더라도 참겠어요. 자살 같은 걸 해서 부모님을 슬프게 하는 일도 저지르지 않을게요. 아무리 괴롭더라도 비행의 길을 걷지 않을 거예요. 약속할 수 있어요. 제발 제 소원을 들어주세요.'

아빠는 1998년 2월에 향년 70세로 숨을 거두셨다. 편안한 얼굴로 영면하신 아빠에게 물었다.

"아빠, 다시 태어난다면, 다시 한 번 아빠 딸로 태어나도 돼? 다시는 슬프게 만들지 않을 테니까……."

하지만 아빠는 말이 없었고 난 더 이상 아무 대답도 들을 수 없었다.

땅을 치고 후회를 해본들 이미 늦은 일, 아무 소용이 없었다.

엄마

아빠가 돌아가신 후부터 엄마는 혼자서 지내셨다. 나는 나이 많은 엄마가 혼자서 생활하시는 게 걱정스러워 함께 살자고 몇 번이나 말을 했다.

그러나 엄마는 아빠와 함께 지내던 집을 떠나고 싶지 않다고, 고개를 내저을 뿐이었다. 난 시간이 허락되는 한 엄마를 찾아가 함께 식사를 하거나 쇼핑을 하거나 했다. 그러던 중, 내 얼굴에 피곤한 기색이 역력히 나타나게 되었다. 나는 피곤함을 감추기 위해 엄마 앞에서는 최선을 다해 밝게 행동했지만, 역시 엄마는 눈치를 채신 것 같았다.

어느 날 엄마가 내게 물었다.

"요즘 일이 많아 바쁜 모양이구나?"

"아니, 그다지 바쁘지도 않아."

"여기 왔다 가는 거 힘들지?"

"아니, 괜찮아."

"……."

"왜 그래 갑자기?"

"난 혈압도 높고 혼자서 사는 게 좀 불안한 생각이 들어서, 밋짱한테 가서 살면 안 될까 해서."

"응……?"

"같이 살면 어떨까 하고 생각하고 있었어."

"엄마, 진짜야?"

"응."

"그렇다면 쇠뿔도 단김에 빼랬다고, 곧바로 집도 알아볼게."

"또 성격 나온다, 왜 그렇게 서둘러?"

엄마는 나의 피곤한 모습을 보면서 같이 살려는 결심을 했는지도 모른다. 나는 당장 같이 살 준비를 했다.

그 무렵, 요미우리TV에서 다큐멘터리 방송에 출연해달라는 제의를 받고 있었다. 아주 많은 고민을 했다. 가능하면 엄마와 조용히 살고 싶었다. 세상에 알리지만 않으면, 변호사로서 어느 정도의 생활도 보장될 테고, 평온한 삶을 살 수 있을 것이다. 지금에 와서 과거를 들쑤신다고 생각하니 마음이 내키지 않았다. 지나온 과거를 생각해보면 이도 저도 그냥 봉인을 해서 잠재워버리고 싶은 일들뿐이기 때문이다.

고민에 고민을 한 끝에 엄마에게 물었다.

"그런데 엄마,"

"무슨 일 있었어?"

"TV에 출연하지 않겠냐는 얘기가 있는데."

"TV라고?"

"내가 지내온 과거를 얘기하는 거."

"과거를 얘기한다……."

"응, 내 과거에 대해서."

"……."

"거절하는 게 좋겠지?"

"……."

"역시…… 거절할래."

"……."

"그래, 이제 와서 그런 거 얘기한다는 것도 그렇고…… 아예 안 하겠다고 말해야지."

"TV에 출연하면 되잖아? 뭐가 어때서."

"뭐라고?"

"출연하라고."

"출연하라니, 자살미수 사건도, 폭력단에 있었던 것도, 지금까지 저지른 일들도 모두 공표하게 되는 건데…… 하나도 남김없이 전부 말이야."

"그게 어때서?"

"그렇게 되면 창피당할 거 아니야? 엄마도 사람들한테 부끄러울 거 아니냐고?"

"밋짱. 넌 지금까지의 시간들을 너 혼자만을 위해 써왔잖니? 그 정도면 너 혼자만을 위한 삶도 이제 충분하지 않니?"

"그건 그렇지만……."

"TV 방송을 보고, 자살을 결심했던 아이들이 마음을 돌리거나, 불량하게 거리를 쏘다니던 아이들이 마음을 고쳐먹고 자기도 다시 일어설 수 있을 거라는 용기를 갖게 된다면, 그걸로 되는 거 아니니? 남을 위하는 일이 되는 게 아니겠냐고?"

"……."

"밋짱이 이렇게 변호사까지 될 수 있었던 것도, 오히라 씨나 응원해주신 많은 분들 덕분이 아니겠니? 엄마가 걱정이 돼서 그렇다면 난 괜찮다. 내일이라도 방송국에 시원스레 좋은 대답을 해줘라."

"엄마……."

내가 엄마에게 이 얘기를 꺼냈던 건 엄마라면 틀림없이 반대를 하리라 생각했기 때문이었다. 세상 이목에 연연하는 엄마가 일부러 나서서 치부를 드러내는 걸 찬성할 리가 없다는 계산에서였다. 그런 엄마가 강하게 반대를 해준다면 난 그걸 이유로 당당하게 거절을 할 수 있기 때문이다. 사실 비겁하게도 그런 속셈이 있었다.

그러나 엄마는 달랐다. 자기 자신도 세상으로부터 손가락질을 당할 걸 뻔히 알면서 TV에 출연할 것을 찬성하고 있는 것이다.

'나도 정말 한심해. 내가 용기가 없어 이러지도 저러지도 못하고 있었던 주제에 비겁하게 엄마 핑계를 대고 거절하려고 했었다니…….'

나는 엄마의 이야기를 듣고 출연하기로 마음먹었다.

1999년 11월부터 엄마와 함께 살게 되었다. 엄마와 한 지붕 아래서 사는 건 17년 만의 일이다. 나도 엄마도 서로에게 쓸데없는 신경을 쓰기도 하고 어색해하기도 했다. 저녁에 내가 집에 들어가면, 앉아서 책을 읽고 있던 엄마가 일어서서 나를 맞이해주셨다.

"잘 다녀왔니?"

"다녀왔어요."

"많이 피곤하지?"

"응, 좀 피곤해."

"수고 많았다."

"엄마, 하던 거 그냥 하고 있으면 되지 내가 돌아왔다고 일부러 현관까지 나오지 않아도 돼."

"그래도 지쳐서 돌아온 사람한테 어떻게……."

"괜찮다니까. 그렇게 신경을 쓰다간 엄마가 지쳐……."

"그래도……."

밤에 귀가했을 때 나는 언제나 화가 나 있는 듯한 얼굴을 하고 있었는지도 모른다. 그래서 엄마는 밖에서 무슨 안 좋은 일이 있었나 하고 내심 걱정을 했던 모양이다. 그런 생각이 들자 아무리 피곤한 날에도 현관문을 여는 순간부터 밖에서의 일들은 잊어버리고, 엄마에게 웃는 얼굴을 보이겠다고 마음먹었다.

엄마와 같이 산 지 1년. 겨우 최근 들어 함께 지내는 것에 익숙해지기 시작했다. 밤에 둘이 다 편하게 누워 TV를 보다가 보면 언제 잠이 드셨는지 엄마의 거친 숨소리가 들려왔다.

'엄마는…… 이런 데서 자고 있으면 감기 걸리잖아…….'

아기처럼 쌔근쌔근 잠이 든 엄마의 모습에 나는 깨우려다 말고 벽장에서 이불을 꺼내와 엄마에게 덮어드렸다.

'기분 좋게 잠드셨네…….'

그러고는 문득 이런 생각이 들었다.

'엄마는 나를 조금이라도 편하게 해주기 위해 같이 살자고 하셨지만, 사실은 아빠랑 함께 지내던 그 집으로 돌아가고 싶은지도 몰라. 몇 십 년간의 추억이 가득 담긴 그곳으로…… 난 그저 혼자 있는 엄마가 안쓰러워 같이 살자고 했지만, 잘한 건지…… 엄마는 사실 외로운 건 아닐까…….'

엄마가 바라시는 건 뭐든지 하려고 했다. 같이 쇼핑을 나가거나 여행을 다니거나 하면서 언제나 엄마의 웃는 얼굴을 보고 싶었다. 그것을 위해서라면 노력을 아끼지 않았다. 진정한 효도를 하고 싶었기 때문이다.

그러나, 내가 해야 할 가장 중요한 일은 두 번 다시 엄마에게 걱정 근심을 끼쳐드리지 않는 것과, 엄마보다 오래 사는 것일지도 모른다. 당연한 일을 당연하게 할 수 있게 됐으면 하는 바람이 간절하다.

11년 전 다시 한 번 인생을 제대로 살아보겠다고 결심한 제게 오히라 아저씨는 이런 글귀를 보내주셨습니다.

지금이 바로 출발점

인생이란 하루하루 훈련을 쌓아가는 것이다
인생이란 나 자신을 갈고닦는 훈련의 장(場)이고
실패를 두려워할 필요가 없는 훈련의 장이며
삶의 감동을 맛볼 수 있는 훈련의 장이다

지금의 이 행복을 행복으로 여기지 못한다면
언제 어디서 행복을 느끼며 살 수 있겠는가?
이 행운을 발판 삼아 있는 힘을 다해 나아가자

나 자신의 미래는
바로 이 순간 여기서부터 시작되는 것이다
지금 당장 노력하지 않는다면 그 노력은 언제 할 것인가?

교토 다이센인 오제키소엔

제 손에 쥐어준 A5 사이즈 종이에는 이런 글귀가 적혀 있었습니다. 아저씨 회사 응접실에 걸려 있던 액자의 글귀를 복사해주신 것입니다.

다시 한 번 새로운 인생을 살아보리라 다짐했던 제게 스며들듯 가슴에 와 닿던 글귀였습니다.

—지금이 바로 출발점.

어떤 때는 벽에 붙여놓기도 했고, 또 어떤 때는 가지고 다니면서 몇 번이고 읽어보았던 겁니다. 손때가 묻고 너덜너덜해진 것을 지금도 소중히 간직하고 있습니다.

이 소중한 글귀를 받고부터 9년 후, 저는 변호사가 되었습니다.

현재 저는 오사카변호사회 소속 변호사로서 활동을 하고 있습니다.

그리고 틈틈이 강연을 하기도 합니다. 제가 이렇게 강연을 하고 다니는 이유는 제가 경험했던 일들을 여러분들에게 들려드림으로써 한 사람이라도 자살해야겠다는 생각에서 벗어나고, 또는 불량하게 굴어봤자 별로 좋을 게 없다는 것을 깨닫고, 새롭게 제대로 살아보겠다고 마음을 고쳐먹는 사람이 한 사람이라도 늘었으면 하는 바람에서입니다.

그러나 일정이 맞지 않아 거절을 할 수밖에 없는 경우도 있고, 만약에 강연을 할 수 있게 됐다고 해도 짧은 시간 내에 모든 걸 이야기할 수는 없는 일입니다. 하고 싶은 말을 반도 못 할 때도 많습니다.

뭔가 좋은 방법이 없을까 하고 생각하던 차에, 고단샤 아동국으로부터 출판 제의를 받았습니다. 기쁜 마음으로 그 제의를 받아들였지만 문장으로 표현한다는 건 꽤나 힘든 일이었습니다. 저 이외의 사람들의 프라이버시에 대한 배려를 위해 내용을 기술하는 데는 한계가 있었습니다. 또한 이 책이 세상에 나옴으로써 특정한 사람들에게 상처를 줄 수도 있다는 생각에 많은 고민을 하기도 했지만, 그 부분을 감안하더라도 충분히 제 마음을 전할 수 있다고 믿으며 작업을 계속했습니다. 그리고 당시에 겪은 일들에 대해서는 그 당시에 품었던 감정들을 그대로 전하려 노력했습니다.

전체적으로는 문장작성방법에 대한 충분한 공부가 없는 상태에서 썼기 때문에 관계자 여러분께 폐가 많았습니다. 이 자리를 빌려 미안한 마음과 함께 감사의 말씀을 올립니다.

그리고 이 책을 읽어주신 당신에게 말씀드리고 싶습니다.

만약 당신이 지금 당장에라도 죽어버리고 싶다는 생각을 하고 있다면, 절대로 자살 같은 건 하지 말아주세요. 의도했던 대로 죽더라도 지옥행이고, 운 좋게 목숨을 부지했다고 해도 새로운 삶을 살 수 있게 될 때까지는 지옥을 보지 않으면 안 되기 때문입니다. 지금 당신이 겪고 있는 고통이나 슬픔은 영원히 지속되는 게 아니고 언젠가는 반드시 해결이 될 거예요. 아무쪼록 긍정적인 생각을 가지고 살아주기를 바랍니다.

만약 지금 당신이 비행의 길로 접어들 것 같다면, 제발 멈춰주세요.

가정이나 학교나 세상에 대한 분노와 불만을 비행을 저지름으로써 해소하려고 해봤자 그 결과에 대한 책임은 모두 자신의 몫으로 돌아옵니다. 저를 보시면 알 수 있잖아요. 책임이란 자신이 저지른 일의 몇 배로 커져서 돌아온다는 걸 잊지 마세요. 아무쪼록 주위 사람들의 이야기를 순수한 마음으로 받아들이고 자기의 인생도, 다른 사람의 인생도 소중히 할 수 있기를 바랍니다.

만약 당신이 바라지 않던 길을 이미 걷고 있다면, 지금이라도 늦지 않았습니다. 손을 씻고 다시 한 번 새로운 인생을 시작해주었으면 합니다. 그러기 위해 당장 앞날에 어떤 어려움이 닥친다 해도 당신에겐 그걸 견뎌낼 수 있는 힘이 있습니다. 당신은 지금까지도 이루 헤아릴 수 없는 고통을 견뎌오지 않았습니까. 이제 새로운 각오로 하나하나 역경을 헤치고 당신의 두 손에 행복을 가득 담기를 바랍니다.

포기해서는, 절대로 안 돼요! 한 번밖에 없는 소중한 인생이니까.

여전히 희석되지 않는 벅찬 감동 속에서

10년 전에 독자로서 이 책을 읽고 난 후, 이 책을 다시 꼼꼼히 읽어보게 되었습니다. 그동안 제가 몇 살이나 나이가 들어서인지, 세상이 변해서인지는 몰라도 10년 전에 읽었을 때와는 비교가 되지 않는 아니, 그 이상의 감동을 맛볼 수 있었습니다.

"포기해서는, 절대로 안 돼요! 한 번밖에 없는 소중한 인생이니까"라는 저자의 절규에 가까운 마지막 문장을 컴퓨터 자판으로 치고 나서는 무언가에 얻어맞은 듯 그저 멍하니 한참을 앉아 있었습니다. 그저 착하고 귀여운 아이로 지냈던 어린아이가 부모에게 폭력을 일삼는 비행 청소년 시절을 거쳐, 열여섯 살에 조직폭력단 보스와 결혼하더니 곧이어 이혼, 그 후 호스티스 생활을 전전하다가, 심기일전해 악전고투 끝에 스물아홉 살에는 사법고시에 합격하여 변호사가 됩니다.

혼자서 몇 사람분의 인생을 합쳐놓은 것만큼이나 엄청나고도 파란만장한 밑바닥 삶을 살아내고도, 끈질긴 집념과 피나는 노력으로 마침내 자신의 삶을 극적으로 반전시킨 오히라 미쓰요의 삶의 모습을 보며, 새삼 인간의 힘과 희망을 믿게 됩니다.

개정판이라고 해서 내용이 바뀌는 부분은 없습니다. 다만 편집 구성이 조금 바뀌었습니다. 초판에 들어 있던 해설 성격의 글이 빠지고, 오히라 미쓰요의 한국어판 서문이 들어가는 것 정도가 바뀐 부분입니다. 이번 개정판 번역을 새로 맡아 하면서, 저는 문장이 조금 울퉁불퉁할지라도 생생한 느낌을 그대로 전달하려 하는 것에 초점을 두었습니다. 예를 들면, 오히라 미쓰요가 부모님을 찾아가 돈을 빼앗고 자기 엄마를 폭행하는 장면이 있습니다. 거기서 오히라는 엄마를 "니"라고 호칭합니다. "시끄러! 전부 다 니 책임이야"라고 말입니다. 원문의 느낌을 살린다고는 하지만 실제로 이런 부분들이 어떤 때는 거칠게 느껴지기도 합니다. 하지만, 원문 그대로 살려놓는 쪽을 선택했습니다.

사실 이 책에서 옮긴이의 말이 무슨 필요가 있을까 여겨집니다만, 저 역시 딸아이를 키우는 엄마로서 몇 가지 사족을 달아봅니다.

이 책을 읽으신 청소년 여러분, 여러분 모두는 각자가 이 세상에서 단 하나밖에 없는, 사랑받고 사랑하기 위해 태어난 소중한 존재라는 것을, 그리고 자기를 둘러싸고 있는 부모, 형제, 친구 등 주위의 모든 사람들 역시 자기 자신처럼 소중한 존재라는 걸 잊지 마시기 바랍니다. 상대의 입장에 서서, 자신의 언행을 돌아보고, 혹시라도 나만 좋으면 된다는 욕심과 이기심 때문에 주위 사람들의 소중함을 망각하고 그들을 아프고 슬프게 하지는 않았는지 한번쯤 돌아보시기 바랍니다.

또한 이 책을 읽어주신 부모님이나 선생님께는, 언짢으시더라도 아이들의 고민을 어른들의 입장에서 판단하지 마시고, 그들의 눈높이에서 가슴속으로 깊이 공감하며 한층 더 큰 사랑으로 보살펴주시기를 부탁드립니다.

끝으로 조금 더 세상을 살아본 선배로서, 청소년 여러분들이 평생 동안 두 번 다시 오지 않을 젊은 날들을 부디 헛되이 흘려보내지 않기를 바란다는 말씀을 꼭 드리고 싶습니다.

지금 여러분들은 무엇이든 꿈꿀 수 있고, 무엇이든 도전해볼 수 있는 무한한 가능성이 열려 있는 소중한 시기를 살고 있습니다. 각자가 자신의 자리에서 많이 고민하고, 열심히 배우고 끊임없이 노력하며, 세상을 향해 당당하고 부끄러움 없이, 자신이 꿈꾸는 멋진 미래를 성실하게 준비하시길 간절히 바랍니다.

시행착오를 반복하면서도 도전을 멈추지 않았던 저의 꿈 많던 그 시절을 떠올리며, 부디 여러분께서도 오히라 미쓰요와의 만남을 통해 많은 것을 얻게 되시기를 기원합니다.

2010년 가을

김인경

옮긴이 김인경

1966년 서울 출생. 도쿄외국어대학 일본어학과와 숙명여자대학교 대학원 일본학과를 졸업했다. 일본어학과 재학 당시 택지건물거래주임자, 행정서사(한국의 공인중개사, 행정사와 같은 자격) 시험에 합격했고, 졸업 후 히타치제작소 히타치총합계획연구소에 근무하다가 도쿄지방검찰청과 법무성 등에서 한국어 통역과 번역 일을 했으며, 현재 일본어 전문 번역가로 활동하고 있다. 옮긴 책으로는 『당신은 혼자가 아니에요』 『응원합니다 당신의 새출발을』 『친구야, 너라면 어떻게 할래?』 『오늘을 산다』 등이 있다.

그러니까 당신도 살아

초판 1쇄 2000년 7월 10일
개정판 17쇄 2024년 2월 1일

지은이 오히라 미쓰요
옮긴이 김인경
펴낸이 김정순
책임편집 박상경
디자인 김리영
마케팅 이보민 양혜림 손아영

펴낸곳 (주)북하우스 퍼블리셔스
출판등록 1997년 9월 23일 제406-2003-055호
주소 04043 서울시 마포구 양화로 12길 16-9(서교동 북앤빌딩)
전자우편 editor@bookhouse.co.kr
홈페이지 www.bookhouse.co.kr
전화번호 02-3144-3123
팩스 02-3144-3121

ISBN 978-89-5605-476-6 03830